OLINKA,
des chemins de terre et de ciel

Christine Sionnet-Thirion

Le Souffle d'Or
05300 Barret-sur-Méouge
www.souffledor.fr

Illustration couverture : à TRAIT (26)
Photocomposition : A' Prim / Serres (05)
Impression et façonnage : imprimerie LUSSAUD (85)

Dépôt légal : avril 2004
ISBN 2 84058 252 X

Le Souffle d'Or
BP 3
05300 Barret-sur-Méouge (France)
www.souffledor.fr

Il est un temps pour rayonner de plein feu sur le monde des mortels,

feu fugace du pouvoir, de la jeunesse et de la beauté.

Il est un temps pour reconnaître la vérité et la vie.

Il est un temps pour suivre et s'abandonner.

Il est un temps pour témoigner et être suivi.

Enfin, il est un temps pour assumer le face-à-face, transparence dans transparence.

À Maddy, ma mère
qui nous a quittés...
nous laissant l'amour,
simplement l'amour,
uniquement l'amour !

Préambule

L'homme était assis dans l'herbe rase. C'était un homme des hauts plateaux.

Il était tiré vers le haut comme par une poigne toute puissante. Là où d'autres n'aspiraient qu'à descendre comme les eaux, lui n'avait goût qu'à monter.

L'enfant l'avait suivi, juste à bonne distance pour ne pas se faire remarquer.

L'homme contemplait la vallée, il était immobile depuis longtemps déjà et l'enfant était tapie dans l'herbe, cachée par un rocher. Elle non plus, ne bougeait pas.

Ces deux-là avaient suspendu le temps...

Ce fut le chien qui découvrit l'enfant. L'homme alerté se leva et vint la rejoindre :

— Que fais-tu là toi ? fit-il en découvrant la fillette.

— J'attends.

— Et tu attends quoi ?

— J'attendais que vous bougiez.

— Ah bon ! fit l'homme étonné, et tu as attendu longtemps comme ça ?

— Je crois, oui ; c'est long le temps quand on attend !

— C'est bien. Viens t'asseoir.

Ils se dirigèrent vers la plate-forme qui surplombait la vallée. L'enfant s'assit aux côtés de l'homme.

Ces deux-là se ressemblaient !

Un long moment s'écoula encore ; seul le tintamarre des brebis au loin enchantait les pâturages. Ce fut l'enfant qui brisa la mélodie du silence.

— Je vous connais moi. Les autres ne vous connaissent pas. Je sais que vous savez ce que les autres ne savent pas. Je voudrais que vous m'appreniez.

Elle avait débité cela d'un trait sans même reprendre son souffle. L'homme ne répondit pas. Puis, subitement, il dit :

— Éternue !

— Mais ! pourquoi me demandez-vous cela ? Je n'ai pas envie d'éternuer !

— Alors pour moi c'est pareil, je n'ai pas envie de t'apprendre. Cela ne se commande pas !

Un nouveau silence suivit cet échange et ce fut l'homme cette fois qui reprit malicieusement :

— Et que veux-tu savoir exactement ?

— Je veux savoir ce que vous attendez quand vous restez longtemps immobile comme tout à l'heure.

— Je n'attends rien, je suis.

— Vous êtes ! Vous êtes quoi au juste ?

— Je suis présent.

— Ah ! fit l'enfant perplexe.

— Viens ! lança l'homme, conscient de la déroute qu'il lui causait.

Ils se levèrent et s'acheminèrent en direction du troupeau. Mais l'enfant questionna à nouveau :

— Être présent, qu'est-ce que cela veut dire ?

Et l'homme répondit, le regard lointain et soudainement lumineux (ce qui n'échappa pas à l'enfant) :

— Être présent, c'est entendre et ne plus seulement écouter, c'est voir et ne plus se contenter de regarder, c'est savourer et ne plus chercher à comprendre.

— Mais moi aussi je suis présent, remarqua l'enfant qui n'était pas sûr de bien saisir ; je suis bien là avec vous, je vous entends, je vous vois, je...

Mais l'homme la coupa brusquement :

— Commence donc par te taire, tu uses les mots !

La fillette vexée se tut un moment. On n'entendait plus, dès lors, que le concerto des brebis dans l'air fraîchissant de la fin d'après-midi.

Pourtant elle ne tarda pas à rompre ce silence qui n'en était pas un :

— Vous marchez beaucoup dans la montagne, vous devez en connaître tous les recoins ? dit-elle, presque timidement.

— Ça oui, je marche... et je chemine aussi.

Un silence vint ponctuer ses mots, puis il reprit :

— Je commence à la connaître la montagne, mais plus j'avance et moins je sais !

L'enfant profita de cette soudaine « volubilité » pour rebondir malicieusement :

— Et c'est quoi que vous ne savez pas ?

— Je ne cherche plus à savoir ce que je sais ou ce que je ne sais pas, répondit l'homme visiblement agacé, je cherche c'est tout.

— Mais que cherchez-vous alors ? L'enfant s'était presque énervée.

— DIEU. Je cherche DIEU, voilà !

C'était la première fois que Jean parlait de Dieu à quelqu'un ! Fallait-il que cette enfant soit bien maline pour le pousser ainsi à la confidence. Devait-il mettre fin à cet échange ou...

Mais il n'eut pas le temps d'aller plus loin dans sa réflexion ; déjà, la fillette reprenait :

— Tu cherches Dieu ! L'as-tu trouvé ?

— On joue à cache-cache, répondit Jean, qui sut dès lors que l'enfant avait gagné.

— Où se cache-t-il ?

— La beauté de la nature révèle la présence de Dieu.

— Dieu est dans la nature ?

— Et partout ailleurs.

— C'est difficile de le trouver, alors !

— Oui et non, il apparaît quand tu ne t'y attends pas et disparaît quand tu crois le tenir.

— Il est malin !

— Non. Lui, il n'y est pour rien. Il est là en permanence mais toi tu ne le vois pas. C'est toi qui lui fermes ta porte. Si tu vis avec un voile sur la tête, tu as encore moins de chance de le trouver !

— Je joue à cache-cache avec Dieu avec un voile sur la tête ! C'est un peu fou comme jeu, non ?

— Oui.

Ils cheminèrent un moment dans le silence, suivant le troupeau à bonne distance.

— Comment tu le vois Dieu, toi ? questionna l'enfant.

— Je le vois me ressemblant jusqu'au centre et à la fois être tout ce qui me manque.

Écoute :

« Il y a très longtemps, les hommes étaient très proches de Dieu mais ils abusèrent de lui. Dieu les chassa, ôta leur pouvoir divin et se mit en quête d'un lieu où le cacher afin qu'ils ne puissent pas le retrouver. Il pensa enterrer la divinité de l'homme très profondément dans la terre mais se ravisa pensant que l'homme creuserait et la trouverait. Il voulut la cacher au fond de l'océan mais changea d'idée car les hommes, un jour, seraient bien capables d'explorer le fond des mers !

Il eut alors une idée lumineuse :

— Je vais cacher la divinité de l'homme au plus profond de lui-même, c'est le seul endroit où il ne pensera jamais à la chercher !

Depuis ce temps-là, l'homme a fait le tour de la terre, il a exploré, escaladé, plongé, volé... à la recherche de quelque chose qui se trouve en lui ! »

— Alors on cherche Dieu et il est en nous ! conclut l'enfant, qui, cette fois, était sûre d'avoir bien compris.

— En nous et au-delà de nous.

— Il nous observe ? demanda l'enfant inquiète.

— Plus que cela, il se contemple en nous.

— Il ne doit pas se trouver toujours beau, alors !

— Ça, c'est vrai, répondit l'homme attendri.

Ils se rapprochèrent imperceptiblement.

Ces deux-là partageaient le même souffle...

Jean reprit presque pour lui même :

— Dieu est en nous mais nous ne sommes pas chez nous...

L'enfant qui traquait le moindre mot de son compagnon répliqua du tac au tac :

— Dieu habite chez moi et moi j'habite chez la voisine ! c'est ça, hein ?

— Exact ! dit l'homme qui se mit à rire pour la première fois.

— Alors on est condamné à chercher Dieu indéfiniment ?

— Il y a deux sortes d'hommes : ceux qui ne cherchent pas Dieu et ceux qui croient l'avoir trouvé !

— Et toi ?

— Moi, je cherche Dieu parce que j'ai besoin de lumière dans le mystère et de mystère dans la lumière.

— Moi, j'aime les mystères et j'aime la lumière aussi ; alors j'aime Dieu n'est-ce pas ! Que dois-je faire ?

— Laisse-toi envahir par sa présence, c'est la saveur de l'abandon.

— Mais si je m'abandonne je tombe, objecta l'enfant ! Regarde !

Et elle se laissa glisser dans l'herbe tendre.

— Ça fait mal ? demanda l'homme.

— Ben non ! Mais tu vois bien qu'il y a de l'herbe !

— Alors abandonne-toi quand tu le peux, choisis ton lieu, choisis ton moment.

— On me dit toujours de ne pas perdre mon temps et toi tu veux que je m'abandonne !

— Si tu t'abandonnes du dehors, c'est comme si tu baissais les bras, que tu manquais de courage, que tu te laissais aller à la passivité. Mais l'abandon dont je te parle, c'est l'abandon intérieur, c'est passer le volant en toi à la providence.

— Alors je peux m'abandonner tout en faisant des choses ! Mais toi, quand tu restes immobile comme tout à l'heure, tu t'abandonnes aussi ?

— Oui, je m'abandonne en ne faisant rien.

— Si. Moi je sais ce que tu fais !

— Ah oui !

— Je sais que tu ouvres ta porte à Dieu.

Et l'enfant glissa sa main dans celle de l'homme. Et l'homme remercia Dieu pour l'enfant.

Ces deux-là goûtaient la même saveur...

L'homme alors, se leva et se dirigea vers la bergerie. Quand il revint, il tenait un bâton dans la main, trop petit pour être le sien. Il le tendit à la fillette qui le serra très fort avant de le contempler, le bâton très doux était sculpté à son extrémité d'une spirale qui sinuait tout autour pour se développer au sommet en deux ailes d'oiseaux repliées ; l'enfant crut reconnaître le bec et les yeux d'un aigle. Elle aima ce bâton et promit de ne jamais s'en séparer.

Automne...

En soufflant sur ma nuit, tu m'as éclairée et mise en mouvement. Je me suis éveillée et émue, j'ai vu se lever le soleil de ma nouvelle vie.

Il faisait chaud, les volets claquaient et Olinka ne trouvait plus le sommeil. Un léger faisceau de lune se faufilait dans la chambre à travers l'embrasure des volets. Au-dehors, le vent du sud faisait chanter les arbres. Soudain, la fenêtre s'ouvrit et l'air chaud s'engouffra dans la pièce l'obligeant à sortir de sa torpeur. Elle se leva, jeta un regard sur le réveil, il était 2 h du matin...

Elle sait aujourd'hui que les éléments s'étaient unis cette nuit-là pour l'obliger à se lever, s'habiller et sortir. Ses pas l'entraînèrent sur les bords de la Marne ; elle aimait cette rivière qui gardait encore une saveur de campagne, la lune était ronde, aussi mystérieuse et belle qu'une femme portant un enfant !

Les feuilles des arbres volaient en grandes brassées désordonnées arrachées par les bourrasques d'un vent joueur.

C'est en marchant, au cœur de cette nuit d'automne, qu'elle sut...

Comme Abraham sut qu'il devait partir et se mettre en quête, sans comprendre pourquoi mais avec la certitude de devoir le faire ; avec cette ferme assurance des choses qui vous font agir ; les pieds en premier et la tête derrière, comme aspiré par une volonté qui vous dépasse.

Elle devait partir, quitter son rôle de passager sur le grand bateau de sa vie !

Sa soif d'absolu la portait vers des rêves de hauteur et de grandeur... Où trouverait-elle un lieu pour accueillir son âme assoiffée de vérité ?

De tout temps, des hommes et des femmes avaient choisi la nature Mère pour y honorer Dieu le père... Que sont devenus les ermites aujourd'hui ? se demanda-t-elle.

Elle cherchait, comme eux, un lieu de gestation, un terreau fertile pour y planter sa graine. Le temps ferait la suite... Elle ne se contenterait pas de se donner du temps ; cette fois, elle le savait, elle se donnerait au temps !

• • • • •

Seuls les actes libèrent la providence...

Elle arrêta sa voiture sur le parking de fortune au bout de la piste caillouteuse qui lui parut encore plus chaotique que dans ses souvenirs d'enfance !

Elle n'osa pas descendre.

Sa gorge était serrée et ses mains moites se cramponnaient au petit bâton de berger, sculpté.

Combien d'années s'étaient-elles écoulées depuis son dernier passage ici ?

Combien d'années depuis la mort de son père ? Et combien, depuis sa rencontre avec Jean ! Quel tour lui avait donc joué le temps ?! Olinka tentait de réfréner les sanglots qui forçaient ses portes blindées par la douleur du souvenir.

Elle ouvrit la portière, se dressa d'un bond courageux et respira profondément l'air vif et cru d'une arrière-saison. Elle fut surprise. Elle était à 2000 m d'altitude, elle ne devait pas l'oublier !

Le torrent vrombissait ; maître des lieux sûr de lui, il régnait sur ce territoire de haute montagne en dégorgeant inlassablement ses eaux glaciaires assourdissantes.

L'accueil était à la hauteur !

Olinka parcourut les sommets d'un regard, ils étaient déjà blancs !

Elle prit seulement son sac à dos et continua la piste à pied jusqu'à la maison de pierre qui dominait le dernier hameau de cette vallée désertée.

Quand elle fut en vue de la maison fière aux volets clos, elle fut assaillie d'une émotion vive. La bâtisse trônait au pied d'un cirque de montagnes et semblait en garder l'accès.

Olinka s'approcha et glissa une main fébrile le long des pierres du mur ; elle tremblait. Elle contourna l'angle et s'approcha de la porte en bois que maintenaient de larges ferrures en fer forgé, elle reconnut la main habile du maréchal-ferrant ; son grand-père était présent partout ici !

Elle déposa son sac à dos et en sortit une grande et lourde clé. Elle ouvrit la porte sans difficulté, la poussa doucement, presque tendrement comme une mère attentionnée qui veille sur le sommeil de son enfant.

Un silence de respect et de bienvenue l'accueillit ; ces murs dépouillés, ce mobilier frustre et poussiéreux ne semblaient pas contrariés par sa présence ; peut-être même l'attendaient-ils ! Elle fut profondément émue par cette pensée. Elle eut le sentiment d'être le prince charmant découvrant le château endormi depuis cent ans... Quelles révélations sommeillaient ici ? Quelle fleur en attente d'être cueillie allait-elle y découvrir ?

Deux larmes coulèrent sur ses joues. Elle avait vu juste...

C'est ici que l'attendait sa vie.

Cela faisait trois jours déjà qu'Olinka avait poussé la porte de la maison d'alpages. Elle s'affairait, animée par une force intérieure et une vitalité intarissable fondée sur une urgence à s'approprier les lieux ; bientôt, elle saurait si cette maison voulait vraiment de sa présence ici !

Avec pour partenaire un vieux balai en tiges de saules, un tee-shirt sacrifié faisant office de chiffon, la jeune femme s'agitait en tout sens d'un étage à l'autre chassant les araignées par-ci, ramassant les crottes de souris par-là, aérant les vieilles couvertures, chassant la poussière accumulée durant ce long sommeil. « Blanche-neige » balayait avec ardeur, chantant avec enthousiasme, mue par une nécessité

« d'impeccabilité » qu'elle ne s'expliquait pas encore. Chaque coup de balai devenait une prise de position sur son nouveau territoire, comme une confirmation, à chaque fois renouvelée, de sa détermination à s'installer ici. Frotter, dépoussiérer, astiquer... Autant d'actes permettant une écoute attentionnée du lieu. « Si je veux être acceptée par les pierres, se disait-elle, je dois connaître chacune d'elles » – et elle s'appliquait d'autant plus à cette rencontre.

La volonté et la sueur semblaient être les premiers liens avec cette terre de montagne ; les pierres en marquaient l'accès, elles en étaient la porte, Olinka l'avait deviné.

La maison comportait trois étages. Au rez-de-chaussée régnait la pierre et la lauze, il y faisait vite sombre et froid. Heureusement, une grande cheminée faisait face à un poêle posé à l'autre extrémité de la pièce, leur présence avait mis Olinka en confiance. Il restait le problème du bois, elle se ferait livrer ; en attendant, les quelques planches, débris et restes de travaux divers serviraient à alimenter le feu. L'étage du-dessus était celui de la pierre et du bois ; la luminosité y était meilleure et l'espace plus chaleureux. Il manquait quelques touches de couleur et Olinka pensa à se procurer du tissu pour en confectionner des rideaux et des coussins. Une échelle menait au grenier ; sous les toits, l'odeur de poussière et de bois mélangée portait à la tête ; une très vieille fenêtre donnait sur la vallée et l'enfilade des villages. Il y régnait une atmosphère troublante, comme si de vieilles mémoires somnolaient ici en toute quiétude. Olinka se laissa saisir par le silence de ce lieu ; durant un moment, elle en oublia son balai !

Enfin, satisfaite du travail accompli, la jeune femme s'autorisa quand même à enfiler ses chaussures de marche...

Dans le grand champ au-dessus de la maison elle trouva sa place. Au-dessus et proche à la fois, elle pouvait observer la bâtisse rajeunie, heureuse de retrouver vitalité et considération.

« Comme cette maison ressemble à mon grand-père ! se dit-elle ; même fierté, même noblesse avec un brin de provocation et d'autorité... Elle impose du respect. »

Autrefois, dès le milieu de l'été et jusqu'aux premières neiges, ses ancêtres venaient « enmontagner » ici ; et la maison de pierres faisait aujourd'hui partie des derniers témoins du labeur des hommes dans cette vallée retirée ; un temps révolu où l'herbe constituait encore le plus précieux don de la nature. Son grand-père l'avait rénovée vers la fin de sa vie, il y avait vécu ses derniers moments de bonheur pur. Et les pierres gardaient la mémoire de ce montagnard-bâtisseur aux mains puissantes et au cœur ardent.

Olinka se dressa de toute la hauteur de son corps. De son attitude émanait une sensation de puissance sauvage comme si la pierre et la terre avaient déjà œuvré sur son alchimie intérieure. Ses longs cheveux en bataille, elle dirigea son pas élancé vers les pâturages d'altitude. L'énergie de vie qui la parcourait lui donnait la beauté d'un animal en liberté.

« OLINKA... Un prénom, un élan ! » se dit-elle. Et bientôt sa silhouette se fondit dans les champs.

L'herbe rase des pâturages ressemblait à la toison douce d'un mouton nouvellement tondu. La peau des alpages avait pris sa tenue de camouflage et cette douceur d'automne invitait à la caresse. Olinka s'étendit dans l'herbe fauve et huma l'air avec contentement. Sa main glissa en quelques allers-retours sur la peau sèche du pré ; elle apprenait timidement à connaître cette terre qui l'accueillait... Elle se redressa doucement, elle avait dans le visage la douceur et la pénétration déstabilisante d'une biche aux aguets, son regard questionnait le monde, tantôt triste et mélancolique, tantôt rieur et frais comme l'enfance.

Elle se leva et tournant le dos à la vallée, elle s'engagea sur le chemin du lac.

Tout autour d'elle, les prés en pente douce ne tardaient pas à prendre de l'altitude pour aller se perdre dans les roches et les ardoises qui dégoulinaient des sommets.

Olinka attaqua la montée avec enthousiasme, elle était seule, vraiment seule et la sensation de se sentir aussi libre qu'un animal sauvage se déplaçant sur son territoire la fit jubiler de plaisir. Sur le flanc des montagnes, les arbres en feu jaillissaient de l'herbe fauve et certains se découpaient sur le fond bleu du ciel ; l'air dessinait dans le ciel des nattes de nuages, finement tressées... Invitation ! Chemin céleste, accompagnant de loin la marche terrestre ! Olinka cheminait entre terre et ciel.

OLINKA...
le L de l'envol
le I tendu entre terre et ciel
le A ouvert au vaste monde !

Durant ce mois d'octobre, la femme explora son territoire. D'est en ouest et du nord au sud, au-dessus de la maison ou au-dessous, sur un flanc de montagne ou sur l'autre, vers l'endroit et vers l'envers, elle était atteinte d'une boulimie spatiale ! La montagne offrait ses flancs dépouillés, elle engageait à l'aventure hors des sentiers battus. Olinka s'ébrouait de prairies en prairies, de combes en plateaux et de crêtes en crêtes ; elle explorait son territoire telle une jeune louve éprise de liberté. Elle évoluait dans un autre monde, une autre dimension, elle marchait au-delà... Elle joignait les villages entre eux par les crêtes, les cols et les anciens chemins muletiers aujourd'hui peu fréquentés. C'était là ses itinéraires préférés. Grimper au-dessus, trouver les chemins d'aventure et s'éclipser dans la montagne, se retourner de temps à autre pour évaluer le dénivelé parcouru. Elle s'élevait et semblait narguer ceux qui restaient en bas, plus elle montait et plus ils diminuaient !

La marche avait valeur de pain quotidien, elle y trouvait nourriture du corps et de l'esprit : vie et puissance, limpidité et lucidité.

Il faisait doux pour la saison et ceci n'était pas dans l'habitude de la montagne de faire de telles concessions surtout à cette altitude ! Elle accueillit cette clémence comme un cadeau de bienvenue à son égard, consciente que cela ne durerait pas longtemps... La nature aurait-elle entendu la fragilité de cette fille de verre, encore fébrile de ses épreuves passées ? Lui donnait-elle ainsi le temps de tisser en toute sérénité les liens étroits et solides nécessaires à une véritable complicité ? Lui permettait-elle de se préparer en douceur à des temps plus tourmentés ?! En tous les cas, Olinka faisait honneur à ce présent, elle déployait joyeusement son corps en toutes directions, comme un animal affairé à la préparation de son hibernation.

Elle ne quittait presque plus ses chaussures de marche, celles-ci étaient devenues comme une deuxième peau ! Elles étaient à toute épreuve, à l'épreuve des pierres du chemin, à celle des ruisseaux qui sillonnent les combes humides, à l'épreuve des pluies d'automne et bientôt de la première neige.

Elle marchait alerte, avec cette sensation nouvelle de marquer le monde de ses pas ; d'y laisser sa trace comme si chaque pas renforçait un pacte scellé avec la terre. Elle pensait : « Si la terre accueille mon pas, c'est qu'elle m'accueille toute entière, comme une de ses enfants ». Il lui semblait tout naturel que son attachement à cette terre lui soit rendu.

Elle ne connaissait plus les routes ; elle s'en détournait comme elle se détournait du monde, de ses blessures et de ses cicatrices. Les routes sont les cicatrices de la terre, les chemins sont voies d'aventure et de patience, tracés par des milliers de pas cheminant. Les routes desservent le ventre des villages, les chemins s'égayent à partir du dos !

Quand par hasard, il lui arrivait de rencontrer le bitume sous ses pieds, elle ne savait plus marcher ! Ses jambes refusaient cette route morte qui rendait le pas lourd et sans rebond !

« Celui qui n'a plus de contact avec la terre et la pierre perd le contact avec lui-même ! constata-t-elle. Si mes pieds sont l'intelligence de ma marche, pourquoi ne seraient-ils pas aussi l'intelligence de mon corps tout entier ! Et si mon esprit lui-même était tenu en éveil par la vigilance de mes pieds ?! »

Elle apprenait à palper le terrain, à lire dans la roche, à s'agripper à la moindre rugosité, à épouser les pentes, à trouver l'équilibre précaire et fugitif qui, dans le rythme, permet de franchir les passes difficiles. Ses pieds devenaient aussi agiles que ses mains et son corps suivait, souple comme un cabri ! Elle plantait ses pieds dans le sillon dur des chemins, marchant avec ce sens du devoir que les jambes sont capables de communiquer à la volonté... « Les pieds en premier, se rappelait-elle, et la tête ensuite ! », c'est exactement ce qu'elle vivait depuis qu'elle habitait ici !

« Changer de chaussures, c'est changer de rapport au monde », remarqua-t-elle, en s'étonnant de la détermination avec laquelle elle avançait sur le chemin.

« C'est aussi changer de rapport à soi-même ! » se dit-elle encore, sentant depuis quelques jours monter en elle une confiance nouvelle.

Elle marchait et se délestait de tout son inutile ! Elle marchait et oubliait les bruits du monde, jusqu'à ce qu'il n'y ait plus qu'elle face à elle-même, elle marchait sans autre but que celui de se sentir vivante ; un pied sur le chemin et l'autre sur le terre-plein.

Sa vulnérabilité, camouflée sous une apparente désinvolture et une assurance toujours un peu forcée, s'effaçait doucement laissant place à une sensation nouvelle d'enracinement et de stabilité.

« La fleur fragile commencerait-elle à œuvrer à la santé de ses racines plutôt qu'à l'attrait de ses pétales ?! » remarqua-t-elle en se souriant à elle-même.

Elle suivit la ligne de crête, chemina à travers les troupeaux de vaches et de moutons qui vivaient sur l'alpage. Bientôt elle fut en vue d'un village, tout en bas, lové contre le flanc rassurant de la montagne. Un frisson de contentement la parcourut comme chaque fois qu'elle approchait un village par au-dessus. Elle s'offrit à la pente, laissant son corps se délier dans la course, sautant les talus et ralentissant l'allure dès les premières odeurs du village. Consciente de passer à ce moment-là de l'état sauvage des montagnes à la vie intime du village, elle accueillit avec délices les odeurs de vie et de chaleur qui lui étaient offertes. Elle ressentit alors l'émotion du pèlerin quand apparaissait enfin l'espoir de l'accueil, de la soupe, de la couche, de la cheminée et des hôtes, qui réchauffent le temps d'un soir, une vie de solitude et d'errances.

Au cœur du village, Olinka se dirigea vers l'église. Malgré les lézardes de ses murs, la « glorieuse » abandonnée se dressait, noble et fière, rivalisant avec le glacier qui lui servait de fond.

Olinka s'assit sous le porche de tuf et de lauzes, huma l'air et se laissa enchanter par les gazouillis de la fontaine ; elle était le centre, et le monde tournait autour d'elle... De son enracinement dans cette terre qui devenait sienne, semblait jaillir par moment, tel un arc-en-ciel, un irrésistible appel de l'infini...

• • • • •

Marche aujourd'hui, marche demain, quand on marche on fait beaucoup de chemin.

Elle ne s'expliquait pas encore l'attrait tout particulier que les lignes de crêtes exerçaient sur elle. Elle ne reculait pas devant le sacrifice d'une marche longue et difficile pour le bonheur inestimable de s'asseoir là-haut et de dominer la vallée tout en faisant face au somptueux massif de la Meije !

— Grand-i-ose ! Oser être grand, oser être haut ! Être à l'école des aigles... Olinka s'était dressée, ses bras s'ouvraient vers le ciel et son corps tout entier embrassait la vallée. Elle se nourrissait de l'espace infini, ses pensées se noyaient dans l'azur du ciel et son corps était sans limites.

Elle était le gond immobile alors même que battait la porte ; elle était l'immobilité, le commencement du temps et l'aboutissement de toute chose...

C'est en rentrant tard ce soir-là qu'elle écrivit ses premières lignes :

Pèlerin des nuages...

Grimpe, sans autre loi que celle de la vie, oublie le bruit du monde, laisse au torrent qui cavale tes peurs et tes angoisses.

Grimpe, ne te retourne pas, oublie ce qui en toi est lourd et inutile, déleste-toi !

Grimpe, jusqu'à ce qu'il n'y ait plus que toi face à toi-même, dépouillé, humble et patient comme la pierre, déterminé comme le torrent.

Grimpe, car l'euphorie dilate le corps, ouvre le cœur et donne vie au sang !

Grimpe, car le ciel vertigineux et profond n'attend que toi.

C'est le lendemain matin, quand elle reprit son bâton de marche, qu'elle découvrit l'aigle qui l'attendait sur la berge opposée. Il volait très bas, se posant sur les saules qui bordaient le torrent. Olinka n'en avait jamais vu de si proche. L'aigle la précéda dans sa marche, comme une invitation à le suivre ! Ils se surveillèrent durant toute la montée, puis l'oiseau obliqua vers le nord et alla se percher sur les crêtes rocheuses qui formaient un cirque. Olinka ne s'était jamais aventurée dans ces couloirs d'ardoises friables, elle suivait jusqu'alors sagement le chemin du col et rejoignait les crêtes par au-dessus...

L'oiseau ne bougeait plus. Olinka s'était arrêtée. Ils se fixaient.

« Ose ! semblait lui dire l'oiseau, la défiant du regard. Ose quitter le chemin tracé ! Ose t'aventurer vers le non-balisé ! Ose les chemins de traverses ! »

La jeune femme accepta sans réfléchir l'invitation et s'engagea dans la pente d'ardoises. Dans ce nouveau terrain, ses pieds joyeux exprimaient tout leur art et le bâton n'était pas de trop ; il s'enfonçait dans la terre meuble et jouait le rôle d'une troisième jambe. Elle avança face à la pente prenant rapidement de l'altitude, la montée se faisait de plus en plus raide et les ardoises qui jonchaient le sol étaient de plus en plus instables ! Olinka était concentrée à l'extrême, elle maîtrisait son souffle et mettait de la conscience dans chacun de ses gestes ; d'un appui à l'autre, elle mesurait le transfert de son poids du corps ; elle se parlait doucement, s'encourageait, se félicitait. Le choix de l'itinéraire la préoccupait : était-il préférable de couper à mi-pente pour sortir vers la droite ou de continuer la montée jusqu'aux rochers au-dessus d'elle ? Le doute l'envahit soudain :

« Et si je ne prenais pas la bonne décision ? Et si ma vie se jouait à cet instant ! Alors, la mort pouvait n'être que cela ?! Une mauvaise décision !... Un instant raté ! Quelle dérision ! »

Elle était figée sur place, semblait ne plus pouvoir avancer, ni reculer ; sa tête commença à tourner et tout autour de ses yeux, une nuée de mouches lui boucha la vue ! Un cri strident la sortit de sa torpeur, l'aigle tournait au-dessus d'elle, cherchant visiblement à capter son attention. Olinka le vit passer la barrière rocheuse qui lui faisait face, elle choisit cet itinéraire.

La roche n'était en fait qu'un feuilleté d'ardoises empilées, certaines s'avançaient, proposant un appui traître ! Il fallait choisir ses prises et surtout s'en assurer plusieurs à la fois. Olinka dut se défaire de son bâton qui devenait une gêne, elle l'abandonna à la pente avec un serrement de cœur, évitant de regarder la vitesse de sa dégringolade ! Heureusement, ce n'était pas le bâton que Jean avait offert à la petite fille !

Des deux mains, elle s'accrocha au rocher qui lui barrait le chemin ; dans peu de temps, elle serait sortie. Elle escalada la dernière barre rocheuse, s'obligeant à ne pas se retourner, ne se concentrant que sur son expiration. Bientôt, elle fut en vue de l'herbe, les pâturages l'attendaient, elle flottait entre le rêve et la réalité. Elle restait vigilante :

« Tu n'es pas encore arrivée », se répétait-elle, pour rester concentrée jusqu'au bout.

Un autre cri ! Elle le chercha dans le ciel mais ne le vit pas. L'oiseau avait crié sa réussite ; elle s'effondra dans l'herbe le visage enfoui dans le vert tendre des hauteurs et pleura de tout son corps.

Quand elle fut calmée, elle se tourna sur le dos et s'abandonna à la terre. Ses pensées étaient embrouillées. Elle s'était mise à l'épreuve sans même le décider... C'était la première fois qu'elle s'exposait en montagne... Pourquoi avait-elle fait cela ? Les yeux plongés dans les nuages, elle se surprit tout à coup à y découvrir la tête d'un loup qui semblait la regarder avec tendresse !

« Les terrains balisés n'éprouvent pas l'homme, ils le laissent dans ses limites ; celui qui ose les quitter apprend à se quitter lui-même ; c'est dans le risque maîtrisé que l'homme découvre celui qu'il est véritablement. » Olinka était perdue dans ses pensées, perdue dans les nuages, fascinée par ce visage animal qui semblait lui parler ! Il s'effaça aussi vite qu'un souffle d'air mais son apparition à ce moment précis laissa Olinka perplexe.

Elle repensa à son bâton abandonné, à ce compagnon d'aventures...

« Il y a un temps pour cheminer avec un appui fraternel et un temps pour s'assumer seule ! se dit-elle. Ne compter que sur soi, assumer ses décisions et n'avoir pas d'autre choix que celui d'aller au bout ! »

Elle avait le sentiment puissant d'avoir pris ces risques en toute conscience sans pour autant les avoir décidés ! L'aigle ! Quel rôle avait-il joué ? Il n'était pas neutre dans ce qu'elle venait de vivre, elle le savait. Et où était-il à présent ? Elle ne l'avait pas revu, seulement ce cri de victoire quand elle était arrivée ! Avait-elle été portée par une force extérieure ou par sa propre force intérieure jusqu'alors inconnue ?! A-t-elle risqué de mourir ? Peut-être, pourquoi pas ! Mais après tout, le flirt avec la mort ne dévoile-t-il pas la Vie ?!

Depuis ce jour, les crêtes d'alpages ne lui suffirent plus, elle s'aventura dans des explorations plus périlleuses. Mais elle ne revit pas l'aigle !

Sur le toit du monde, elle s'asseyait et restait dans le silence des hauteurs. Elle découvrait que les portes du « grand » ne s'ouvraient qu'aux hommes de bonne volonté ; le courage, la persévérance et les peurs vaincues étaient ses atouts.

Celui qui passait la porte et arrivait au sommet découvrait alors, dans les solitudes de l'altitude, que la véritable grandeur était dépouillement et légèreté !

« Être léger comme un enfant et s'élever sur le dos de l'aigle... » Olinka s'abandonnait à l'infini dans un sourire.

Ces mots lui furent offerts ce jour-là par un livre qu'elle ouvrit au hasard ; à la lueur de la bougie, elle les écrivit sur un papier et s'endormit :

« Là-haut, au-delà des neiges les plus blanches,
dans un éblouissement que l'œil ne peut supporter,
se dresse la pointe de cristal plus aiguë que la plus fine aiguille.
Là-haut se tient celui qui remplit tous les espaces.
Là-haut, au royaume de la dernière stabilité n'entrent que les transparents ! »

René Daumal

Elle retourna s'asseoir sur les « crêtes de l'aigle » – comme elle les appelait désormais, depuis ce jour où « la plus que vie » l'avait touchée du doigt ! Elle espérait toujours y retrouver l'oiseau qui l'avait invitée au « risque qui élève », mais celui-ci n'était pas réapparu.

Ce soir-là, le soleil déclinait à l'horizon, la vallée baignait dans l'ombre et seuls les sommets jouissaient encore de la douce caresse ; Olinka se laissait baigner par le silence des hauteurs. Son regard plongeait dans l'espace immense, elle avait envie de déployer ses ailes et comme l'aigle, se jeter dans l'azur, engloutir l'immensité et voir avec l'œil implacable qui perce les masques et dévoile les âmes.

Soudain, elle le vit ! Il volait dans le ciel à grandes brassées circulaires. Olinka le suivit des yeux, s'obligeant à ne rien perdre de sa danse aérienne. Elle suivait les cercles et les volutes, les arrêts, les suspensions. Sa respiration se laissait rythmer par les pleins et les déliés de l'écriture spatiale ; cette chorégraphie l'envoûtait, elle se mit à voler avec l'oiseau, ils ne firent plus qu'un : une seule respiration, une seule danse, une seule âme ! Puis l'oiseau s'effaça soudain derrière les crêtes laissant Olinka suspendue entre terre et ciel. Prise d'une panique soudaine, elle crut tomber, son cœur battait très fort ; elle se laissa aller en arrière sur le dos, le regard perdu dans le ciel traître, elle tenait l'herbe à pleines mains, suppliant la terre de veiller sur elle. Quand elle reprit ses esprits, le soleil l'avait quitté, les crêtes étaient entrées dans l'ombre du soir et le froid s'insinuait. Olinka se mit debout, elle tenait sur ses pieds et en fut presque étonnée ! Elle regagna sans hâte la vallée ; elle avait besoin de temps pour comprendre ce qu'elle venait de vivre.

• • • • •

C'est un pays de pierres et de gel, sans arbres et sans hommes ou si peu... À la frontière de toute vie.

Depuis quelques jours, le temps avait changé. Au matin, l'herbe figée attendait le soleil pour se dévêtir de sa pellicule blanche. L'air était vif et le vent du nord discrètement présent. Olinka s'organisait pour endurer ce qui n'était encore que les prémices de l'hiver ! Elle essaya le poêle à bois qui assisterait la cheminée les jours de grand froid, elle fit le bilan des couvertures et décida d'en sacrifier une pour s'en faire un poncho : un trou au centre et le tour était joué ! Elle se blottira dedans pour lire, écrire ou peindre. Elle attendait le froid, comme le chevalier attendait l'ennemi. Elle combattrait bravement ses attaques, ne s'esquiverait pas ; elle tentera même de composer avec lui et de ne pas l'affronter en force, d'ailleurs elle n'en avait pas l'envergure !

C'est donc avec un certain contentement qu'elle accueillit cette première vague de gel. Elle voulait un lieu qui éprouve, un lieu qui ne flatte pas. Elle ne venait pas chercher ici la facilité qui « ensommeille » ; elle souhaitait rester en veille, ne pas se laisser glisser dans la simple jouissance d'une nature harmonieuse et suave. Elle désirait s'engager, tous sens en éveil, comme les héros sur les champs de bataille, honorer la vie en flirtant avec la mort... même si la sienne n'était ici que symbolique.

Elle se mit doucement à vivre entre la cour où l'attendaient sagement les bûches de bois et la cheminée où elles se consumaient ; entre le ciel gris d'automne et la fumée de l'âtre ; entre les lauzes disjointes du dedans et la terre boueuse du dehors... Ses sabots de bois s'accordaient à la rudesse de sa vie solitaire.

Pour tromper le temps ou plutôt pour l'honorer, elle fermait souvent sa porte et s'élançait vers les hauteurs.

Elle ramena de ses errances de belles branches de saule qu'elle entreprit de sculpter. Elle s'assit devant la cheminée, à même le sol sur le vieux tapis qui protège de la lauze froide. En ces jours de brumes, il y avait toujours une bûche se consumant dans l'âtre. Sans cette présence vivante du feu à ses côtés, Olinka n'aurait pas pu vivre en ce lieu ; elle lui devait tout et prenait conscience un peu plus chaque jour de sa présence chaleureuse, presque amicale.

Munie de son couteau, Olinka s'affairait depuis un moment déjà, sur la branche qui lui servirait de bâton de marche et remplacerait celui qui s'était sacrifié dans la falaise... Plus elle avançait dans ce corps à corps avec le bois, plus elle sentait le lien qui l'unissait à cette branche. Elle dépouillait le bâton de toutes ses aspérités, le délivrait de son écorce grossière, le lissait méticuleusement ; une sensation d'apaisement l'envahit comme si son corps bénéficiait lui aussi de ce nettoyage méticuleux ! En découvrant le bois lisse et blanc, Olinka eut un profond soupir, son corps s'ouvrait, se dépoussiérait ! Le bon génie d'Aladin n'avait-il pas, lui aussi, attendu une caresse délicate sur la lampe pour sortir de sa demeure trop étroite et exprimer enfin ce qu'il était ?!

Depuis qu'elle vivait ici, elle traquait l'essentiel. Elle se rappelait comment ce qu'elle croyait vital pour elle allait en s'amenuisant au fur et à mesure des jours qui la séparaient de sa vie citadine. Ce travail de dépouillement, elle l'avait commencé contrainte et forcée lors de son alitement brutal, il y avait exactement un an de cela ! Son dos ne la tenait plus, l'arbre s'écroulait poignardé au creux des reins... troublante mise à mort !

Après le temps de la révolte et les pleurs de rage, il y eut celui de la tristesse et de la chute dans les profondeurs sombres de l'être, puis enfin, doucement, la lueur d'un espoir, un cœur qui s'apaise et un corps qui accepte de lâcher ses dernières résistances à la mutation en cours. Elle apprit à goûter aux choses les plus simples : se mettre debout, se redresser ! Elle ne se percevait pas si grande ! Elle s'étonnait de se tenir seule, sans appui, droite, comme un jeune enfant qui découvre la verticalité !

Puis se déplacer, marcher... Avancer, aller de l'avant !

Sa vie avait progressivement repris une hauteur... et une direction.

Elle avait vécu jusque là dans l'illusion qu'elle contrôlait sa vie. Fonceuse, aimant relever des défis, elle échafaudait des projets de plus en plus lourds, mettait la barre toujours un peu plus haut ; de nouveaux projets s'arrangeant toujours pour succéder aux anciens ne laissant aucun temps de suspension ni de vide à sa vie ! Elle vivait en apnée, étouffant sa peur de la mort par une vie trépidante d'activités, d'illusions et de désirs à combler. Elle était dure envers elle-même, ne se donnant aucun répit, comptant son temps et le distribuant au compte-goutte à son entourage.

De défis en défis et de peurs en vanités, elle oscillait entre un sentiment de supériorité et un complexe d'infériorité qu'elle camouflait avec ardeur !

Pour être aimée, ne fallait-il pas être admirée et reconnue !

Pour être aimée, ne fallait-il pas être forte !

Être tout ou n'être rien ! Elle ne voyait pas d'autre issue...

Aujourd'hui, Olinka taillait le bois dur.

Aujourd'hui la jeune femme chantonnait :

Prendre du temps pour rien,
prendre du temps pour soi...
Perdre du temps pour soi...
Que de temps perdu à vouloir le gagner !

Elle remerciait son corps d'avoir su arrêter cette course infernale, cette asphyxie, cette noyade certaine ! Par la force, il l'avait plié en deux morceaux ! L'obligeant du jour au lendemain à l'arrêt brutal.

Le chêne trop sec avait été abattu ! Sous son écorce dure, elle attendait maintenant que germe le bouleau, s'offrant avec confiance à sa légèreté et à sa lumière.

L'odeur du bois taillé l'enveloppait. Elle lissait le bâton, se débarrassait du rugueux à amples coups de couteau. Elle s'arrêtait de temps à autre pour caresser le bois blanc. Elle découvrait sa douceur.

Olinka mettait au jour le lisse, le tendre qui se cachait sous le dur, l'épais !

• • • • •

Le lieu du combat est une forteresse secrète où n'entrent que les transparents.

Elle avait pris l'habitude de se lever tôt, avant le jour. Ces heures encore sombres, lui ouvraient la porte d'un silence rare : le silence sauvage de la montagne et des pierres se mêlait au silence intime qu'elle apprenait à cultiver au fond d'elle-même.

Elle ritualisait chacun de ses gestes du lever : éclairait sa première bougie, s'habillait chaudement, les chaussettes surtout ! Enfilait ses sabots et descendait avec sa chandelle. Elle rassemblait la cendre chaude de la veille et relançait la flamme à l'aide du journal et du petit bois. Le feu lancé, elle s'asseyait à même le tapis, très proche de l'âtre et entrait dans le silence des pierres.

Elle se taisait face au monde et s'effaçait à elle-même se laissant éveiller par les prémices du jour naissant. Elle découvrait que l'enseignement des choses essentielles ne pouvait se faire que dans le silence et la solitude, loin de l'agitation du monde.

C'est pourquoi chaque matin elle s'asseyait face au feu qui réchauffe et qui danse, lui offrant sa solitude ; se retirant du monde pour mieux le pénétrer.

La jeune femme vivait sans heure. Elle s'était dépouillée de montre et réveil et n'avait désormais aucun compte à rendre à la machine implacable qui dévorait l'existence en la fragmentant ! Elle prenait d'autres repères. Les jours de beau temps, cela était plutôt facile ; il suffisait de suivre le grand balayage de l'ombre sur la vallée, éveillant les villages les uns après les autres en une caresse régulière. Le dimanche, il y avait toujours un clocher au loin pour l'aider à réajuster ses repères. Les cloches sonnaient la messe de onze heures et Olinka était heureuse qu'il y ait encore des messes !

Elle était maître de son espace-temps et avait tissé avec lui une douce connivence qui ne devait plus rien aux rythmes sociaux. En l'absence de repères imposés qui décentrent l'individu de ses propres rythmes, elle devait développer et affiner ses propres repères internes. C'est ainsi qu'elle commença à prêter une attention toute particulière à son corps et apprit à déterminer l'heure qu'il était à la simple écoute des besoins profonds de celui-ci ; son temps était devenu un temps biologique.

Sa chair et son âme avait payé le lourd tribu du sommeil de son être profond ; la leçon portait ses fruits, Olinka était bien décidée à progresser et surtout à ne plus se laisser abuser et ensommeiller par l'agitation extérieure qui voile à la conscience le vide et le gouffre intérieur. Sans cesse, elle se répétait :

« Veille, Olinka, veille ! »

Elle apprenait en s'observant agir et en s'observant penser. À l'école de la solitude, qu'aurait-elle pu faire d'autre !

• • • • •

Contente-toi de vivre chaque instant le plus juste possible, c'est ainsi que le multiple deviendra Un.

Les bougies posées de-ci, de-là, au hasard des déplacements dans la maison et des besoins du moment, émettaient une faible lueur. Olinka apprenait à se repérer dans les zones d'ombre...

Elle était devenue très méthodique par nécessité et apprenait ainsi à replacer chaque objet à sa place. Cette conscience de ses actes lui permettait de ne pas tâtonner indéfiniment à la recherche d'une passoire ou d'une petite cuillère ! Elle apprenait ainsi, presque à son insu, à coordonner ses gestes et sa pensée, à s'administrer avec économie. Elle s'obligeait à ne pas anticiper ses actes, à faire une seule chose à la fois, le mieux possible. Elle mettait autant d'exigence et d'attention aux petites choses banales et répétitives du quotidien qu'aux actes plus extraordinaires. Elle gardait en mémoire dans toutes les cellules de son corps, son expédition sauvage dans les ardoisières !... Elle avait aujourd'hui le sentiment que le véritable enseignement de cette épreuve était dans la nécessité d'une vigilance de chaque instant, une présence sans faille à soi-même.

La qualité de sa respiration changeait, elle ne vivait plus en apnée ! Chaque tâche était respirée ; chacune d'elles portait sa propre luminosité. Elle eut un sourire intérieur en pensant à ses contemporains ; chaque journée ressemblait à une course en ligne droite, commençant par une grande inspiration le matin en avalant un café fort ! Suivit d'une longue apnée respiratoire tout au long de la journée, avec une bienheureuse pause café pour recharger la machine et reprendre son souffle ! Pour ne déposer le grand « ouf » final, que le soir venu en s'avachissant devant la télévision ! Sur quelle planète avait-elle vécu ?! Quel était ce monde où la vérité était devenue marginalité ?! Elle était en train de découvrir que le grand voyage de la vie n'était pas un processus naturel dans lequel il suffisait de se glisser en se fondant aux autres passagers, mais qu'il impliquait un travail de chaque instant, une vigilance exacerbée que seul le capitaine du navire était capable d'entretenir !

Diriger sa vie avec conscience était bien différent de ce qu'elle avait cru jusqu'alors ; à la force des poignets, on peut conduire une voiture, mais la vie est bien plus qu'un simple véhicule à diriger selon sa propre volonté ! Elle est mystère et cadeau de chaque jour, imprévisible, ne se dévoilant qu'à ceux qui savent voir. Elle commençait seulement à percevoir cela, alternant agir et non-agir, faire et laisser-faire, donnant du temps au temps et de l'espace à ses cellules.

« Quand je m'efface à moi-même, je peux me laisser remplir par l'univers et l'univers œuvre en moi, remarqua-t-elle. À celui qui ne veut rien et n'attend rien, tout peut arriver, même ce qu'il n'aurait jamais imaginé ou espéré ! Le non-agir sera toujours supérieur à l'agir. »

Olinka commençait seulement à comprendre...

Elle trouvait en chaque jour une saveur nouvelle. Ce matin c'était une traînée de brume au pied des montagnes, telle une chemise de nuit fine jetée avec désinvolture au pied du lit. Cette image la fit sourire et ce sourire gravé dans le cœur ne la quitta pas de tout le jour !

Quand les prémices d'une belle journée s'annonçaient dans la pureté du ciel, Olinka s'en allait sur le chemin à la rencontre du soleil. Il était lent à s'approcher d'elle. Les maisons sages des villages attendaient patiemment d'y réchauffer leurs pierres ; le temps ne comptait pas pour elles. Le hameau où vivait la jeune femme était le dernier servi, il fallait donc aller au devant de la caresse matinale si l'on ne voulait rien en perdre.

Un hameau s'éclaira, puis l'autre, Olinka marchait d'un pas ferme : « Quand on a rendez-vous avec un amant chaleureux, cela ne vaut-il pas le déplacement ! » se disait-elle. Elle remonta ensuite avec lui, bras dessus, bras dessous, au même rythme, s'abandonnant à la douceur de son compagnon.

Au pont qui enjambait le torrent elle s'accorda une pause et laissa son ami prendre de l'avance : « Je te retrouverai là-haut plus tard, file vite réchauffer les murs de la maison ! » lui lançait-elle joyeuse.

Elle resta un moment à contempler la masse d'eau qui roulait entre les rochers, semblant se fracasser sur certains blocs, en épouser d'autres agilement. Elle aimait venir ici puiser force et énergie pour la journée. Cette eau endiablée qui se déversait des glaciers à profusion évoquait à elle seule la puissance potentielle de cette montagne de glace aux apparences paisibles. Le torrent était sa signature, trace vivante et incisive, révélation d'une personnalité froide, affirmée et sans concession.

C'est ce matin-là qu'elle la rencontra.

La femme était assise sur une pierre plate, à ses pieds jaillissait le torrent. Olinka en contrebas crut que l'eau jaillissait de la femme !

— L'eau passe, inlassablement, toujours la même, jamais la même ! lui dit la femme sans la regarder.

Puis se tournant vers son interlocutrice muette :

— Assieds-toi sur la peau froide du rocher, as-tu pensé qu'un peu de chaleur pouvait lui faire du bien ?!

Olinka s'avança lentement vers la femme ; elle ne pouvait cacher sa stupéfaction devant cette apparition soudaine.

— Tu vois ce rocher, là-bas ? continua la femme, consciente du trouble qu'elle occasionnait et s'amusant à l'entretenir, je croyais qu'il m'appelait, mais en fait, c'est toi qu'il attend.

Olinka retrouvant sa voix, s'exclama :

— Mais, il est au milieu du torrent !

— Non, à un tiers seulement ! Et l'on peut s'approcher en passant sur ces pierres là-bas. Elle montrait en effet un passage, mais celui-là ne suffisait pas pour atteindre le rocher sans se mouiller les pieds.

Un silence s'installa. Olinka ne savait que dire et que faire. Elle était comme paralysée. Cette situation ne ressemblait à aucune autre déjà vécue et son esprit s'affolait !

— Alors ? Le ton était autoritaire mais doux ; la femme avait planté son regard dans celui de la jeune femme et la volonté était sans faille. Olinka s'exécuta.

En vue du passage, elle se demanda si elle devait ôter ses chaussures ou si elle tenterait un saut final ? Face à la nécessité d'une décision juste, son esprit retrouva sa lucidité. Elle s'engagea sur l'alignement de pierres en se concentrant sur son équilibre, mais évalua vite l'impasse dans laquelle elle s'était aventurée et rebroussa chemin. Elle jeta un œil vers la femme toujours assise à la même place, celle-ci l'accompagnait.

Pour la deuxième tentative, elle décida d'ôter ses chaussures. Le pas délicat à franchir était devant elle, l'eau tourbillonnait à ses pieds, elle avait déjà froid, allait-elle mettre les pieds dans l'eau glacée ?! Une force extérieure la poussa à agir, Olinka se maintint à la pierre qu'elle venait de quitter, l'eau jusqu'aux mollets la tenait prisonnière, elle devait lâcher prise avant de retrouver l'appui du rocher convoité ! Elle n'hésita pas plus longtemps, elle n'avait plus le choix ! Elle se hissa sur le lourd rocher, elle ne sentait plus ses pieds mais une joie profonde l'envahit. La femme sur la berge lui envoya un sourire.

Elle se leva et Olinka eut l'impression de la voir pour la première fois ; elle semblait grande mais l'était-elle réellement ?! Elle portait une lourde jupe de lainage qui descendait presque jusqu'à ses pieds ; ses cheveux argentés étaient tressés en une lourde natte qu'elle portait sur l'épaule gauche. Son visage fier était rieur :

— Il y a des passes qui ne se franchissent que dans le dépouillement ! lança-t-elle à la jeune femme transie. C'est bien. Et elle s'en alla.

Olinka sur son rocher était perplexe ; était-elle en train de rêver ?! Ses pieds en se réchauffant devenaient terriblement douloureux, elle se sentit soudain abusée, abandonnée, délaissée et cette expérience raviva toutes ses cicatrices anciennes : le bébé affamé qui pleurait dans l'attente d'un biberon qui ne venait pas, la petite fille qui attendait un câlin en tournant inlassablement en rond autour d'une mère trop occupée, l'adolescente qui ne cherchait qu'à plaire faute de pouvoir aimer et enfin, cette jeune femme qu'elle venait de laisser derrière elle, blessée dans son corps, asséchée dans son âme, perdue dans une vie d'illusions et ne sachant plus, du masque ou de la personne, qui était l'authentique !

Olinka descendit du rocher, rentra dans l'eau sans sourciller, se rechaussa et ne sentit même pas l'agression du froid ! Elle courut en direction de la maison, poussa la porte brusquement, se jeta sur son lit et y déversa toute son amertume retenue depuis si longtemps !

Les larmes du désespoir sont aussi les germes de l'esprit.

Cela faisait bientôt six jours que la pluie ne cessait de tomber. Olinka était terrée dans la maison. L'humidité pénétrait tous les recoins, les pierres suintaient, le poêle à bois n'arrivait pas à dispenser la chaleur nécessaire et la cheminée refoulait généreusement sa fumée. La mort dans l'âme, Olinka avait fait face durant quatre jours, mais depuis hier, elle sentait monter en elle une colère sombre : « Que faisait-elle ici ? Était-elle folle de se mettre dans une situation pareille ! Qu'allait-elle faire durant l'hiver ? Ces maisons n'étaient pas faites pour cela, ses ancêtres rentraient au village dès les premiers gros froids ! Que cherchait-elle à se prouver ? » Blottie dans ses couvertures, elle n'arrivait pas à se réchauffer et restait recroquevillée sur elle-même, sans courage, vaincue ! Elle se mit à pleurer de rage et de désespoir, sans pudeur, sans retenue ; d'ailleurs, pourquoi en aurait-elle eu, personne ne s'inquiétait de sa présence ici, elle était seule, plus que seule, inexistante ! Elle croupissait dans la boue et le froid et cela de son propre choix ! La situation lui parut subitement comique... Aussi risible que celle qui l'avait menée sur ce rocher en plein milieu du torrent ! Elle en fut amère.

Dehors, la pluie déversait son lot de larmes tristes et grises, sa mélopée incessante s'insinuait en elle de façon sournoise ; Olinka était en train de perdre toutes ses défenses et la pluie la possédait ! Entre veille et sommeil, elle se sentit transportée au cœur d'une forêt noire, profonde et humide ; elle se perdait ; ses pieds s'enfonçaient dans la mousse jusqu'à en perdre la sensation de la terre ferme ; les formes étaient floues ; elle avait peur et froid ; ici, plus rien de connu ne subsistait, tout se diluait, Olinka perdait pied ! Elle eut subitement très peur ; son corps fut pris de soubresauts, ses jambes et ses bras tressautaient, son bassin lui échappait, une énergie phénoménale la traversa puis le flux se calma laissant la jeune femme exténuée. Elle s'endormit enfin.

Quand elle se réveilla, il pleuvait encore mais le chant de la pluie avait changé...

Elle s'habilla paisiblement, descendit allumer le feu et se prépara un petit déjeuner copieux. La lutte était finie, la pluie l'avait menée au bout d'elle-même et ce matin, elle se sentait neuve, lavée, régénérée. Elle compta les jours de pluie, le corps à corps avait duré sept jours !

« Qui était le vainqueur ?! se demanda-t-elle. Et pourquoi y aurait-il un vainqueur et un vaincu après tout ! » La pluie n'avait pas cessé, certes, mais la femme ne s'opposait plus !

« Voilà la subtile différence qui transformait deux adversaires en partenaires ! » se dit-elle en croquant sa tartine à pleines dents.

À ce moment-là, la pluie qui glissait sur la fenêtre proche d'elle, capta son attention. La jeune femme posa son bol de café et se mit à observer les sillons gorgés d'eau.

« Laisse-toi couler comme nous, semblaient-ils lui dire, *laisse-toi glisser dans l'humus de la terre, épouse l'obscurité... Celui qui ne descend jamais n'a pas la joie de remonter ! »*

Et Olinka se souvint des paroles de la femme du torrent : *« Il y a des passes qui ne se traversent que dans le dépouillement ».* La pluie venait de lui enseigner cela !

Comment la femme avait-elle pu savoir ?

Olinka se leva et colla son visage à la fenêtre, dehors le chemin dégoulinait, creusé de sillons ; l'eau partout dévalait les pentes ; heureuse, joueuse.

La jeune femme termina de déjeuner puis s'apprêta à sortir, mais au moment de passer la porte, elle se ravisa soudain, revint auprès du feu et entreprit de se déshabiller !

« Moi aussi j'ai le droit de m'amuser ! » se lança-t-elle comme un défi.

Et elle se rua dehors pour rencontrer sa nouvelle partenaire... sur son terrain !

Elle n'avait dès lors pas d'autre solution que de faire alliance avec elle, en lui abandonnant ses résistances. Ses pieds s'enfoncèrent dans l'herbe gorgée d'eau comme dans la mousse de son rêve. Son corps ne se rétractait plus sous l'humidité et le froid, il se laissait pénétrer, fusionnant avec l'eau. Olinka était comme Jonas, dans les entrailles de la baleine ; elle s'était glissée au cœur de la pluie et celle-ci ne pouvait plus rien contre elle ! En nouant cette alliance nouvelle avec les éléments et la volonté de la nature, elle sentait son feu intérieur grandir : « Bientôt, je serais le feu et c'est moi qui mènerai le jeu ! » clama-t-elle de toute la puissance de sa voix en redoublant d'ardeur pour se frotter le corps. Heureusement, une flambée généreuse l'attendait à l'intérieur.

En s'approchant de la table elle découvrit une feuille pliée en deux, elle l'ouvrit et lut :

« Entre douleur et douceur, il n'y a qu'une lettre qui change ! » c'était signé *Sarah*.

Ainsi, elle apprit son nom.

Le lendemain matin, alors qu'elle n'y croyait plus, la Meije se découvrit ; elle laissait caresser sa peau virginale par les rayons d'un soleil sensuel !

Olinka était abasourdie par tant de beauté subitement dévoilée. Elle venait de comprendre le sens de ces sept jours de mortification.

Le premier village au loin s'éclairait à son tour, elle pouvait enfin évaluer l'heure !

Elle se jeta dehors avec avidité, son corps à elle aussi était assoiffé de caresses matinales. Sur la piste au détour du chemin, elle fut subitement inondée de lumière, une douce chaleur pénétra instantanément son corps et caressa ses os, l'espace de la lumière pénétra enfin l'immensité de l'ombre et la jeune femme reprit vie et couleur en ce matin nouveau.

Elle alla s'asseoir au bord du torrent et laissa couler le flux de ses pensées les abandonnant au fil de l'eau.

L'eau était si claire qu'Olinka crut un instant se perdre dans sa limpidité !

« L'eau passe, l'eau coule, elle est insaisissable et pourtant elle n'émet aucune résistance ! » Cette pensée soudaine la bouleversa. La jeune femme glissa ses doigts dans l'eau claire et mouvementée du torrent ; elle venait s'enrouler autour de sa main comme autour des rochers qui tentaient de lui barrer la route ; en quelques rouleaux et spirales, elle épousait tous les obstacles, se faufilait et poursuivait son chemin, rien ne pouvait l'arrêter !

— L'eau file entre les doigts, on ne peut pas retenir ce qui circule !

Olinka ne fut même pas surprise de reconnaître la voix de Sarah ; il lui sembla naturel que le torrent, qui avait lié leur rencontre, les rassemble à nouveau ici.

La femme s'assit à ses côtés.

— Ce qui circule est libre et vivant ; traque les endurcissements en toi. Traque-les jusque dans tes os !

— Mais les os sont durs par nature ! objecta Olinka. Ils sont notre fondation, notre armature, ils doivent être solides pour nous soutenir !

— *« Dieu modela l'homme avec la glaise du sol et insuffla dans ses narines une haleine de vie »,* fit la femme en ramassant une petite poignée de terre dans sa main. Les os sont denses, ils sont l'incarnation de la matière en nous ; mais solide ne signifie pas rigide ! Les os, comme la terre sous nos pieds, sont animés par le principe du vivant, le souffle créateur... expliqua-t-elle. Puis en soufflant dans le creux de sa main suffisamment fort pour que la terre soit projetée dans l'eau du torrent, elle rajouta :

— Si tu t'appliques à ressembler à l'eau, rajouta-t-elle, tu pourras alors ressentir et accueillir le mouvement de tes profondeurs, tes os deviendront mobiles et l'énergie s'écoulera en toi sans obstacles ; comme l'eau de ce torrent, s'enroulant et se déroulant sans cesse.

Puis la femme rajouta :

— Je te ferai sentir cela un jour. Et elle se leva, laissant Olinka à ses pensées.

« Qui était cette femme ? Que voulait-elle ? » Ses propos étranges ravivaient en elle de lointains souvenirs... Elle se rappela l'homme... la rencontre dans la montagne... le bâton... jamais perdu, toujours auprès d'elle.

Olinka remonta seule le pierrier qui formait le lit du torrent, sautant de pierres en pierres, choisissant impeccablement les plus stables.

« Les pierres sont les sages de notre temps, pensa-t-elle ; qui donc accepteraient comme elles, de demeurer sans se rebeller là où le sort les a jetées ! »

Les pierres, mémoires pétrifiées des pentes sauvages, sont les vestiges d'un autre temps. Elles sont les veilleurs du monde. Que deviendrait un monde sans veilleurs ? Et que serait un monde sans hauteur ?!... Les pierres gardent en elles le secret des temps lointains : temps des géants, forts comme le roc, sages comme au commencement, faisant vibrer les montagnes de leur charisme démesuré ! Et si les géants avaient été la main d'œuvre de Dieu dans son œuvre de création du monde ?!

En avançant sur la houle de pierres figées, Olinka sentait se faufiler en elle quelques fils de mémoires très vieilles s'entremêlant et se confondant avec d'autres fils... Les mémoires du passé rejoignaient ici celles de l'avenir !

Olinka écoutait et elle entendait : « *Ici rien ne bouge,* murmuraient les pierres, *ici le temps a figé sa mémoire, la confiant à notre discrétion et à notre sagesse. Ici, un jour, la mémoire rejaillira, les glaciers s'ouvriront et les géants sortiront de leur sommeil de glace !...* »

Debout sur un rocher battu par l'eau vrombissante, navire défiant l'océan rugissant, Olinka brava les éléments déchaînés autour d'elle. L'eau claquait et roulait contre la coque du bateau, mais la femme était inébranlable !

• • • • •

Pourtant, l'hiver s'insinuait partout et dans la profondeur de son corps, la jeune femme sentit le doute fébriliser sournoisement l'ossature !

Le temps était gris et le froid devenait de plus en plus présent ; la neige avait déjà fait quelques tentatives autour de la maison et l'hiver approchait à grandes enjambées ! Olinka sentait son corps se rétracter dès le matin, tout juste arrivait-il à se détendre la nuit ! Elle menait contre lui une lutte qui l'épuisait physiquement et mentalement. Son moral chutait : devait-elle rester ici durant l'hiver ? Qu'allait-elle y faire ? N'était-elle pas trop orgueilleuse ? Son choix de vivre un temps ici était-il une fuite ou répondait-il à sa vérité ?... Trop de questions l'assaillaient depuis quelques jours, elle avait décidé de confier ses doutes à « la femme du torrent ».

Elle était partit tôt ce matin, choisissant de passer par les crêtes pour rejoindre le village où habitait Sarah. Elle avait appris auprès d'un paysan du village voisin que la femme habitait *le Chazelet,* un village plus grand, situé sur le même flanc de montagne mais à l'autre bout de la vallée. L'homme avait paru méfiant, il avait été peu éloquent mais Olinka savait tout de même que Sarah habitait une petite maison héritée de son père, qu'elle avait dû s'y installer à la mort de son mari, quittant sa vie passée pour renouer avec le pays de ses ancêtres.

Ainsi, elle n'était pas totalement du pays ! avait pensé Olinka ; par contre, elle y était revenue ! Elles avaient donc une quête commune... Peut-être était-ce pour cela qu'elles s'étaient reconnues ?

C'était donc la première fois que la jeune femme allait vers celle qui était venue à elle. Olinka était un peu fébrile en descendant sur le village. Pourtant, elle retrouvait là les sensations qu'elle aimait, elle se glissa dans les ruelles étroites tel un espion, se fondant à l'ombre des maisons serrées les unes contre les autres pour se tenir chaud ; l'étrangère se savait observée, les maisons avaient l'œil méfiant ! La visiteuse s'informa auprès d'une vieille femme qui sortait chercher son bois. Celle-ci après l'avoir scruté des pieds à la tête lui indiqua une petite maison un peu plus loin dans la même ruelle. De la fumée sortait de la cheminée, preuve d'une présence. Olinka respira profondément pour se donner du courage et frappa à la porte. Sarah lui ouvrit, sans surprise ; l'invita à entrer et ferma la porte derrière elle.

La maison chaleureuse apaisa les dernières craintes de la jeune femme ; cette maison aurait pu être la sienne !

— J'ai besoin de votre conseil, Olinka allait droit au but : je doute, j'ai peur de l'hiver, j'ai peur du froid et de l'ennui.

— N'aurais-tu pas plutôt peur de tes ténèbres ! lui lança la femme à brûle-pourpoint en rajoutant une bûche dans le poêle. Puis elle invita la jeune femme à s'asseoir.

— Du fond du puits on ne voit que le ciel ; c'est pour cela qu'il est bon d'y descendre. Quand tu vis dans la lumière, tu ne la vois pas, mais quand tu descends dans le puits tu ne vois qu'elle ! rajouta-t-elle en s'asseyant à son tour et Olinka reçu comme une révélation l'éclat de ses yeux verts.

— Aurais-je la force ?

— Nous sommes plus proches de notre vérité quand la dépression nous envahit que quand nous nous la cachons.

Accueille la boue et la tristesse, tu trouveras bientôt la fleur et la joie véritable. Les obstacles n'ont que la force qu'on veut bien leur donner. Au cœur de ta caverne, tu es aussi la montagne ! Puis elle renchérit : seul celui qui essaie peut connaître ses limites.

Elle servit à son hôte un bol de thé brûlant. Olinka suivait les gestes précis de la femme, mélange d'élégance et de puissance contenue. Elle contempla le silence des lieux, chaque chose était à sa place sans pour autant donner l'impression d'un rangement austère. Des bocaux étiquetés s'alignaient un peu partout sur les étagères, attisant sa curiosité. La femme l'observait.

— Mettre de l'ordre et de la beauté autour de soi équivaut à le mettre en soi, fit-elle avec douceur.

— Je n'arrive pas à vivre dedans, rétorqua la jeune femme, quand je ne peux pas sortir, je tourne comme un lion en cage !

— Tu n'arrives pas à vivre à l'intérieur de ta maison ou à l'intérieur de toi-même ? questionna la femme malicieusement. N'as-tu jamais pensé que les « mauvais jours » pouvaient t'apprendre le retour à toi-même ?

— Et que dois-je faire en moi-même ? demanda Olinka désarmée.

— Faire la poussière par exemple !

— Comme Cendrillon !

— Comme Blanche-neige plutôt, rectifia la femme rieuse.

— J'aime bien Blanche-neige, elle parle aux animaux.

— Elle incarne l'essence de la nature féminine ; elle communique avec les animaux et se lie avec les êtres des mondes parallèles mais avant tout, elle est pureté de cœur et la beauté n'est autre que cela...

— Et vous voulez que je répande la beauté avec un balai ! fit Olinka mi-étonnée, mi-amusée.

— N'est-ce pas par là que commence l'alchimie d'une maison qui chante !

Sache que notre maison est le prolongement de nous-même, comme un deuxième corps ! Ce que tu donnes à l'un tu le donnes à l'autre. Et ce que tu négliges chez l'un, tu le négliges chez l'autre !

La femme est avant tout la fée de l'ombre, c'est elle qui compose la mélodie du quotidien.

— Parler aux animaux est secondaire, n'est-ce pas !

— Ce pouvoir est un pouvoir du cœur, et le cœur de la femme s'épanouit dans l'ombre d'elle-même, en œuvrant à la beauté dans la discrétion et l'humilité.

— Tout comme Blanche-neige !

Quand Olinka prit congé de son hôtesse, celle-ci lui demanda d'attendre quelques minutes ; elle disparut derrière un rideau de séparation de pièces et revint avec un gros paquet, visiblement lourd. Elle le tendit à la jeune femme en disant :

— Les mains sont le plus bel outil du cœur, quand la lumière te manquera au fond du puits, laisse-les agir !

• • • • •

Fais de chacun de tes gestes un ferment de perfection ; ainsi tu apprendras à mettre de l'ordre et de la beauté en toi...

Quand Sarah avait déposé dans son sac à dos la terre glaise bien enveloppée, Olinka n'avait pas osé dire non et maintenant elle s'en voulait ; trois heures de marche l'attendait et Sarah n'avait rien trouvé de mieux que de lui rajouter cinq kilos sur le dos ! Qu'allait-elle faire de ça, elle ne se connaissait aucune qualité artistique ! Olinka était nerveuse, prise au piège, son sac pesant sur son dos. *« L'accès à la légèreté est un combat ! »*, semblait lui dire son fardeau, mais elle n'était pas d'humeur à l'entendre.

Pourtant, le soir même elle déballa la terre et entreprit de la caresser ; le contact doux et humide de celle-ci répondait à la flamme sèche du feu, Olinka lissait à l'infini le corps de femme qui prenait forme sous ses doigts. Surprise de ce qu'elle modelait, Olinka se prit au jeu et la nuit s'écoula, de bûches en bûches, jusqu'au petit matin...

La statuette fut mise à sécher. Et la femme reprit son balai !

Que de négligences depuis le grand ménage des premiers jours ! En investissant les hauteurs, elle avait oublié les profondeurs — la caverne et la montagne — deux espaces irrémédiablement liés, comme l'âtre et la cheminée, l'un tourné vers le dedans, proche du bois et de la terre, l'autre s'élevant au dehors, à l'assaut du ciel.

La jeune femme entreprit de dépoussiérer les recoins.

Chaque espace visité, une clarté nouvelle... Olinka s'allégeait.

Plusieurs fois par jour, elle affinait un arrondi de ventre, une courbe de taille, un galbe de cuisse ; la statuette et la femme devenaient de plus en plus lisses !

Olinka plaça la statue de terre dans une petite niche du mur qui n'attendait qu'elle, alluma une bougie, la glissa dans l'espace de pierre manquante et s'assit confortablement sur un coussin à même le sol ; la statuette et la femme ne firent qu'une !

Chaque soir désormais, elle montait dans la pièce sous-pentée du dernier étage, lisse désormais de toute poussière et vierge de toiles d'araignées, elle s'asseyait face à la statuette et contemplait le corps nu de la Mère.

Ce rendez-vous ritualisé avec la beauté œuvrait en elle avec discrétion et douceur, alimentant et vivifiant une source d'eau vive. Olinka y puisait la musique de son âme !

• • • • •

Une table, une chaise, une grande feuille de papier journal étalée sur la table, un couteau choisi avec soin. Olinka retourna le sac et les légumes souillés de terre séchée et de sciure de bois se répandirent en vrac sur la table... Éternelle corvée de pluche ou instant fragile offert à une coopération harmonieuse entre le silence, le travail et l'effacement ?

« Modeler une œuvre d'art ou éplucher des légumes, quelle était la différence ? » se demandait la jeune femme en cet instant où le présent avait un goût d'éternité.

Depuis quelques jours, Olinka découvrait les tendresses toutes particulières du quotidien. Enseignement de Sarah ou celui de Blanche-neige ? Peut-être tout simplement l'assise régulière, là-haut, devant la statuette ! La conscience de ses actes s'affinait. En simplifiant ses gestes, la jeune femme avait le sentiment de se simplifier elle-même.

« Le caillou commencerait-il à se polir ! Quand deviendra-t-il diamant ?! » se moqua-t-elle intérieurement.

L'odeur humide des légumes se mêlait à l'air sec et fumé de la pièce, Olinka se sentait visitée par la joie du « maintenant » lentement mûri. La terre creusait de minuscules sillons dans ses mains

« De chaque instant, faire une œuvre d'art », se dit-elle. Les mains qui épluchaient étaient les mêmes que celles qui sculptaient, la terre était leur maître !

• • • • •

Portée par le vent, elle a poussé la porte ; elle est entrée...

Le vent souffle, c'est son ami. Elle aime ses bourrasques qui font voler ses cheveux, croiser ses mèches sur les yeux. Elle aime le vent et son chant capricieux qui l'assaille en rafales. Le vent disperse ses vêtements, elle se déplie, se délie et devient pantin dansant. Elle l'embrasse à pleins bras et le prend de plein fouet, elle valse avec lui. Elle a laissé tourbillonner ses pensées et le fil s'est cassé et les idées se sont envolées, éparpillées comme mille notes de musique au gré du vent. Elle a voulu rassembler ses idées, mais le vent les a emmenées. Libre, elle a joué, écervelée, comme un enfant avec son ballon échappé, à rattraper des brins d'elles et à déployer ses ailes.

Sur le flanc opposé de la montagne, le vent l'a emmenée et confiante, elle s'est laissée porter.

Elle crut tout d'abord discerner un sentier mais elle s'aperçut vite que celui-ci se perdait dans les prés. Certains champs avaient été fauchés par de rares paysans qui s'aventuraient encore de ce côté-ci de la montagne, mais la plupart étaient abandonnés à l'herbe sèche de l'automne.

Olinka traça donc son chemin en travers de la pente, de façon à conserver son point de vue sur le torrent. Fascinée par les ruades de l'eau qui s'engouffrait dans des gorges de plus en plus serrées, elle ne s'aperçut pas tout de suite qu'elle suivait une sente de terre bien repérable mais probablement très peu fréquentée à en juger par les herbes et buissons qui la gardaient cachée.

« Tiens, se dit-elle, un chemin qui vient de nulle part peut-il me conduire quelque part ?! »

Le sentier était par endroit renforcé par des pierres !

« Ce chemin a dû être très fréquenté à une époque », remarqua Olinka en traversant un petit cours d'eau qui offrait encore quelques bois moisis, vestiges d'un ancien pont ?!

Au fil de sa marche, images et questions s'entrecroisaient : pèlerins, marchands, colporteurs empruntaient-ils cette rive du torrent pour rejoindre au plus vite la vallée ? Émigrants, fuyards, proscrits, chassés de leur pays par la famine, la guerre, la justice ou l'église passaient à pied les cols d'Italie et de Savoie ; ils débouchaient alors ici, dans *sa montagne*, nourrissant l'espoir d'un bout de pain, d'un toit pour la nuit et d'un travail si Dieu entendait leurs prières ! Avaient-ils eux aussi, tracé de leurs pieds ce sentier oublié ?!

Olinka ne cheminait plus seule, elle était accompagnée de ces hommes et de ces femmes en peine, en fatigue et en espoir ; de ces gens, qui pour certains feraient souches ici, sèmeraient, sueraient et enfanteraient ! Après tout, n'étaient-ils pas ses ancêtres !

Elle s'arrêta soudain, sortie de sa rêverie par l'apparition d'un étrange rocher en forme de menhir qui semblait l'attendre là-haut !

Elle accéléra le pas, quitta le chemin et grimpa dans sa direction.

La vue sur la vallée se dévoilait ici dans toute sa grandeur ; cette roche en marquait le croisement. La jeune femme eut la sensation de quitter « sa montagne » pour embrasser le monde ! Elle continua son ascension et la découvrit : faisant corps totalement avec le rocher-menhir, une petite chapelle se blottissait là, profondément humble et délicate malgré ses murs centenaires !

Olinka monta jusqu'à la petite plate-forme sur laquelle avait été bâtie la chapelle ; des églantiers, aux baies rouges mûries par le gel, avaient pris possession des lieux ; tentaient-ils de protéger les murs ?!

D'un rapide coup d'œil, elle évalua l'état d'infortune de la bâtisse : des lauzes manquaient au toit, un mur se fissurait et les pierres se déchaussaient par endroits. Olinka poussa la lourde porte de bois qui était entrouverte, bloquée par les herbes envahissantes ; elle dut s'y reprendre à plusieurs fois pour aplatir sous la porte les touffes sèches et rebelles d'épilobes fanées. Quand elle pénétra dans l'ombre douce de la chapelle, elle se sentit envahie d'une paix profonde puis d'une joie intense. Ce lieu l'attendait depuis toujours !

À l'intérieur, la végétation avait aussi repris ses droits, l'herbe se faufilait entre les lauzes du sol, les araignées dévoilaient tout leur art dans les angles, entre les poutres et dans l'encadrement de l'unique fenêtre.

Olinka s'attarda sur le vitrail poussiéreux qui prenait vie dans cet espace de lumière. Elle s'approchait pour le contempler quand soudain, le soleil transperça le vitrail de sa ferveur lumineuse, le révélant à lui-même dans toute sa gamme de couleurs et de vibrations !

Dans l'alignement des rayons, Olinka se trouva à son tour vêtue de couleurs et de lumière, elle était accueillie ici comme une princesse !

Elle se laissa baigner de cette quiétude ; ferma les yeux et ouvrit les bras pour accueillir de tout son corps ce cadeau inattendu.

Quand elle ouvrit les yeux elle rencontra ceux de la femme au vitrail, ils étaient d'un bleu étincelant et semblaient vouloir lui dire quelque chose... Olinka chercha à décrypter le nom de la sainte, elle s'approcha du vitrail et put lire *sainte Marie Madeleine.*

Elle connaissait Marie de Magdala, l'amie fidèle du Christ, s'agenouillant pour lui laver les pieds et les essuyer de ses longs cheveux libres et sauvages ! Cette femme aux instincts débridés, bravant les bonnes mœurs ; cette donneuse de plaisirs coupables, généreuse et entière, toute offerte à l'homme ! Comment cette femme aurait-elle pu faire autrement que de se donner toute entière au Christ, dans sa spontanéité et générosité de femme rebelle qu'aucune bonne société n'avait pu soumettre ! Seul le fils de Dieu méritait son agenouillement ; elle le reconnut et lui offrit son dévouement le plus total, le plus parfait.

Elle fut la première à découvrir le tombeau vide du Christ ressuscité et sut que la parole était accomplie. Marie de Magdala, comme la femme des premiers temps, savait sans voir !

Qu'était-elle devenue après le temps du Christ ? Avait-elle prêché comme les Apôtres, s'était-elle retirée dans quelque endroit secret pour y finir ses jours dans la prière, le jeûne et l'adoration, avait-elle été mise à mort parmi les premiers martyrs ? Que de questions submergeaient en cet instant l'esprit d'Olinka... Elle éclaircirait cela plus tard.

La jeune femme s'assit sur le seul banc, aussi vieux et poussiéreux que branlant. Dans le secret de l'ombre, elle resta ainsi, oubliant le temps, dans une contemplation émerveillée de l'image de la sainte.

Le soleil quitta bientôt le vitrail qui rentra dans l'ombre de lui-même ; Olinka se leva et sortit affronter la lumière crue du jour. Elle chercha le vent, il n'était plus là ! Il s'était retiré en toute discrétion, sa mission accomplie, laissant la femme savourer ce qu'elle n'avait pas osé espérer : elle venait de trouver son sanctuaire.

Elle tira derrière elle la lourde porte et quelques brassées d'orties puis prit le chemin du retour.

Ce soir-là, Olinka se fondit dans un sommeil paisible et les mystères des mondes se faufilèrent dans ses rêves...

Une colonne d'hommes, de femmes et d'enfants en habits colorés parcouraient la montagne en chantant des mélopées qu'elle ne connaissait pas ; ils semblaient se diriger vers un temple qu'elle ne distinguait pas très bien. La colonne avançait toujours et Olinka reconnut la petite chapelle ; une jeune femme élancée et vêtue d'une longue robe rouge les attendait sur le pas de la porte ; de toute part autour d'elle, dansaient les coquelicots.

La femme se mit à se mouvoir avec eux dans le vent, sa robe aussi légère que l'air dessinait des volutes autour d'elle, elle était fleur parmi les fleurs ! Soudain la femme s'arrêta, elle fit face à la foule rassemblée et pointa le doigt dans la direction d'un rocher en forme de menhir ; une source jaillit et une grande vasque d'eau se forma au pied de la roche ; les femmes se dévêtirent et se baignèrent dans l'eau pure, suivies des enfants et des hommes ; les mélopées s'étaient transformées en chants d'allégresse.

• • • • •

Nous faisons tous partie d'une même toile, imbriqués les uns dans les autres, liés par un même fil...

Assise auprès de Sarah, elle assistait émue au déroulement du fil issu de l'écheveau de laine. Tissé, celui-ci deviendrait trame de vie ! La femme était d'une précision et d'une rapidité déconcertante, ses doigts tiraient, soulevaient, poussaient ; les mains savaient plus que les yeux ! Olinka était suspendue au fil et dans la pénombre de cette fin d'après-midi, elle commençait à perdre le fil du temps ; une étrange sensation de flottement l'envahit... La femme faisait tourner le rouet et le rouet donnait vie à la femme ; Olinka remontait le temps et le temps filait entre les doigts de la femme, et le rouet filait le temps !... Olinka avait la nausée, le rouet tournait sans cesse et l'entraînait dans sa ronde sans fin et sans commencement ! Olinka serra le bord de sa chaise entre ses mains comme le ferait le passager d'une voiture devenue folle. Elle se mit à penser que le rouet était la cause de l'éternel recommencement du mal et de l'espérance, qu'il gardait en mémoire un dessein qu'il aimait à reproduire, jamais le même et toujours le même, inlassablement, jusqu'à ce qu'une main vienne lever le sortilège !... Et si elle était cette main ?! Avec lenteur, elle se rapprocha de la femme, soucieuse de ne pas casser le fil de ces vies imbriquées et elle entra dans la ronde. Sous les mains attentives de Sarah, elle fila une partie de la nuit. Au matin exténuée, elle s'endormit dans le lit de la femme, mais le rouet continua à filer ses rêves ! Olinka vit le cercle de l'éternel recommencement : *il avait la forme d'un serpent qui se mordait la queue et la tenait prisonnière ! Elle ne pouvait sortir du cercle, mais lui vint l'idée qu'elle pouvait chevaucher le serpent ! Alors elle prit place sur son dos, à la périphérie du cercle et tourna avec lui. Elle ne savait plus lequel des deux guidait l'autre ! Soudain, elle sentit que le serpent se dissociait, le cercle parfait se transformait en spirale... Une odeur exquise émana alors de la brèche ouverte et Olinka se sentit emportée, libérée !...*

• • • • •

Sarah avait attendu le réveil de sa jeune protégée, lui avait fait un café chaud et s'était assise au pied de son lit :

— Le septième jour de la création, Dieu se reposa, bénit ce jour et l'offrit aux hommes. Par cette porte laissée délibérément ouverte, l'homme avait la possibilité de jouir de la lumière de Dieu et de s'en laisser pénétrer. Dieu venait de créer la spirale cosmique pour que circulent les courants entre la terre et le ciel...

— Mais l'homme a fermé la porte, commenta la jeune femme.

— La spirale se transforma en cercle plein et l'homme privé de l'ouverture se mit à tourner en rond dans le cercle de l'éternel recommencement.

— Celui que j'ai vu ?!

— Celui que tu as chevauché et transformé !

— Ce n'était qu'un rêve !

— Les rêves sont les portes...

— Pourquoi l'homme a-t-il fermé la porte d'où jaillissait la lumière ? demanda Olinka après un temps de silence.

— L'homme ne voulait plus dépendre du Père.

— Comme l'enfant qui quitte la maison paternelle et claque la porte derrière lui ! fit Olinka.

— En coupant ses attaches, il croit œuvrer à sa liberté. Mais un cerf-volant sans fil, baladé comme une feuille morte au gré du vent, ne fait pas d'aussi belles figures qu'un cerf-volant dirigé par une main experte.

L'homme en croyant se libérer s'est condamné... La sueur, le sang et le sperme sont désormais les armes de sa lutte pour la liberté.

Olinka n'écoutait plus, elle tentait de refouler les larmes amères qui glissaient sur ses joues. Elle avait été ce cerf-volant, errant loin du père et de toutes attaches ; elle avait eu le goût de l'aventure et des amours multiples. Cette quête inassouvie avait creusé en elle un vide de plus en plus profond ; la liberté avait marqué sa chair et Olinka lui avait même sacrifié un enfant ! Elle ne put réfréner un sanglot bruyant, Sarah l'accueillit dans ses bras. Elles restèrent ainsi en silence, longtemps. La nuit avait pris possession de la pièce.

— Depuis ce temps lointain, la liberté de l'homme se forge sur sa bonne volonté, fit Sarah brisant le silence. Chacun a en lui le pouvoir de rompre le cercle du serpent. La porte du septième jour se dévoile à ceux qui la cherchent avec persévérance, amour et humilité. Mais avant cela, il est nécessaire de ne pas se juger. Peut-être même est-il bon de se pardonner. La fleur de lotus n'a-t-elle pas les pieds dans la boue ! Ne juge pas la boue, elle est nécessaire à la fleur... Et le fumier n'est-il pas l'or du montagnard ! fit-elle rieuse.

Puis, Olinka ne bougeant toujours pas, elle rajouta :

— Savoir le soleil hors d'atteinte n'a jamais rien enlevé à la beauté du chemin vers la lumière ! Sa voix était tendre et son regard lumineux.

— Sarah, fit la jeune femme, tout doucement, j'ai découvert une chapelle !

• • • • •

« Il ne faut pas rester au seuil de son âme, il faut entrer à l'intérieur, y descendre, y méditer, y travailler et s'y laisser travailler. » Marthe Robin

Dans la chapelle minuscule, Olinka trouvait un autre silence. Ce n'était pas le silence immense des pâturages déserts, des crêtes sauvages ou des nuits froides et scintillantes ; ce n'était pas non plus le silence des pièces de la maison, ni celui du feu que l'on déguste devant l'âtre. Ce silence était plus intime, il se lovait en elle comme une boule de paix. Elle avait ici le sentiment d'une présence, intense et douce... quelque chose de supérieur à la vie au sein même de la vie !

L'attraction de la chapelle agissait sur elle à son insu. Ses pieds comme toujours avaient devancé sa tête, ils l'avaient amenée ici tous les matins depuis une semaine déjà ! Olinka leur avait fait confiance.

La lumière, ce matin, était différente. La brume se dissipait plus tôt que d'habitude et les rayons du soleil commençaient à lécher les murs. Quand elle poussa la lourde porte de son sanctuaire, des cloches au loin se mirent à sonner ! « C'est dimanche ! », se rappela la jeune femme joyeusement, et elle entra.

À l'intérieur, un faisceau de lumière écarlate la transperça ; Olinka éblouie resta pétrifiée sur place. Elle avait l'habitude d'être accueillie par l'ombre secrète et soudain jaillissait la lumière !

La jeune femme se laissa revêtir de lumière par la sainte ; elle devenait vitrail à son tour, transparente et vive. Elle s'ouvrit et s'offrit, laissant glisser sur elle la caresse des couleurs au rythme de la course de l'astre.

« C'est parce que le verre se laisse pénétrer par la lumière que le soleil l'éclaire d'un éclat plus vif que la pierre ! pensa-t-elle soudain. Pour accueillir la lumière, il faut se rendre transparent ! Un vitrail n'est rien sans le soleil ! Un vitrail n'existe pas pour lui-même ; il ne vit et ne vibre que par sa rencontre quotidienne avec l'astre lumineux... »

Olinka avait le regard planté dans celui de la sainte, elle était captivée.

— On passe notre temps à gravir les montagnes, alors qu'Il nous demande simplement de descendre au fond de nos vallées fertiles !

Olinka se retourna vivement, une silhouette d'homme se tenait dans l'encadrement de la porte. L'ombre de la chapelle l'englobait tout entier le gardant en mystère ! Elle voulut parler mais l'homme la devança :

— Marie de Magdala t'a appelée ici aussi ?! Et sans attendre de réponse il enchaîna :

— Elle n'en a aimé qu'un. D'un amour total. Comme bien peu sont capables d'aimer ! Puis elle est partie au désert, se vider d'elle-même pour se rapprocher de lui. Le silence et le vide, c'est là ce que l'on peut faire de mieux !

La voix grave et feutrée avait fait vibrer le lieu, telle une caresse. Olinka resta béate, tenue en fascination par la silhouette imposante qui se dessinait en contre-jour et la voix aux vibrations monastiques et montagnardes à la fois, mélange de profondeur et de force !

Ils se regardèrent un moment qui lui parut une éternité, la femme ne put que deviner les yeux ; puis l'homme se retourna et sortit.

Olinka resta figée sur place, luttant contre le désir de se jeter dehors à la suite de l'homme ; sa pudeur la retint.

Le soleil était passé, il continuait sa course à la recherche d'autres vitraux à révéler ; la sainte était rentrée dans l'ombre douce de son cœur transpercé d'Amour, elle y rejoignait son bien-aimé !

Olinka s'inclina rapidement devant elle et se glissa dans la lumière espérant y retrouver celui qui n'avait été qu'une ombre. Elle balaya les alentours mais ne le retrouva pas.

• • • • •

Les jours qui suivirent la rencontre furtive de la chapelle, Olinka se sentit particulièrement légère, comme habitée d'une énergie nouvelle. Elle décida de se rendre en ville compléter ses réserves d'hiver, acheter de la terre pour modeler d'autres figurines, du tissu — elle avait dans l'idée de confectionner des couvertures en patchwork. Elle ramènerait aussi des livres, toutes sortes de livres, elle allait négocier avec la bibliothèque, elle voulait ramener des contes de tous pays car depuis quelque temps, une envie la tenaillait : écrire pour les enfants ou peut-être même pour l'enfant qui sommeille dans l'adulte ! Elle avait accueilli cette idée (et bien d'autres !) en marchant ; car marcher était devenu une part d'elle-même, permettant à son être de prendre ailes et racines.

Elle s'activa ainsi plusieurs jours durant, réglant tous les problèmes matériels liés à sa décision de passer l'hiver ici. Elle ne s'aperçut pas du temps qui changeait et se réveilla ce matin-là en extase devant la blancheur immaculée du paysage ! L'hiver était là ! Elle l'accueillit comme la fillette de jadis ; enfila ses moufles, enfonça son bonnet sur les oreilles et sortit. Elle joua un moment avec ses propres traces, dessina une spirale et s'amusa à la parcourir dans un sens et dans l'autre, elle s'esquiva ensuite en prenant bien garde de ne pas la souiller avec des traces parasites ; elle forma quelques boules de neige bien denses et entreprit de viser la vieille porte de grange qui lui faisait face ; contente d'elle, elle sortit de la cour et couvrit d'un regard émerveillé l'enfilade de la vallée à ses pieds, tout n'était que silence blanc et doux.

Pourtant, dans l'après-midi la lumière déclina plus tôt qu'à son habitude, le ciel s'assombrit lourdement et deux coups de tonnerre très proches roulèrent au-dessus des glaciers. Olinka oublia ses joies enfantines du matin, son corps se raidit et sa respiration devint courte. L'attaquant défiait la montagne, empruntant les couloirs du ciel. Il cherchait sa proie ! Tous sens aux aguets, elle se prépara aux premiers assauts. L'orage déversa sa montagne de grêlons sur le toit, les tôles unirent leurs forces en se resserrant les unes contre les autres, grinçant et s'entrechoquant en un vacarme lugubre. Olinka écoutait et se crispait en soutenant leur combat. La pluie, jetée violemment par le vent, s'abattait en rafales contre les fenêtres. Les bouleaux s'affolaient en une danse qu'ils ne maîtrisaient plus. Olinka ne bougeait pas ; le souffle suspendu, elle se mit à douter de son courage mais ne céda pas à la panique : non, elle n'irait pas cette fois encore, se réfugier chez « maman Sarah » !

Elle monta sous le toit, dans la petite pièce sous-pentée où elle avait déposé la statuette en terre, sculptée de ses mains. Elle chercha auprès d'elle un réconfort à son malaise grandissant, mais ici, les tôles hurlaient de plus belle ! Elle redescendit éteindre le foyer refoulé par les bourrasques de vent et se blottit dans une couverture, engouffrant sa tête profondément, pour éviter d'entendre et dans l'espoir de ne plus penser ! Le mental est un faux ami, se dit-elle... Elle se rappela sa marche en montagne, guidée par l'aigle... Elle avait su gouverner son mental pour ne pas céder à la panique. Il fallait qu'elle s'occupe, qu'elle mette de l'attention et de la concentration dans une tâche... Elle décida de se préparer un repas de fête ! Après tout, pourquoi ne pas fêter en grandes pompes l'arrivée de l'hiver en grand fracas !

Ce changement de disposition mentale face au déchaînement de la nature au-dehors, transforma instantanément ses angoisses en joie festive !

L'orage passa son chemin. La maison anéantie reprenait son souffle, les arbres ébouriffés retrouvaient leur axe ; Olinka sortit et suivit des yeux la masse noire qui se déplaçait vers l'est...

« Et si le ciel venait à tomber un jour sur nos têtes ?! se surprit-elle à penser... Et si l'homme devait un jour payer pour la nature bafouée ?! Il avait perdu depuis longtemps la sagesse de se savoir petit face aux éléments ; il avait oublié les prières, les incantations, les rituels qui lui permettaient de faire alliance avec eux ! La science avait fait de l'homme un orgueilleux qui rivalisait avec Dieu ; mais la nature savait le rendre tout petit quand elle le désirait ! L'homme assistait alors, perplexe, à ses déferlements et l'espace d'un instant, ses yeux se rappelaient le ciel !... »

Olinka rentra au chaud, relança le feu, enfourna le gratin dauphinois qu'elle venait de se concocter et s'effondra dans le canapé. La lassitude la gagnait, elle était moulue, comme si elle s'était battue avec les éléments déchaînés !

Des pas autour de la maison... une vague silhouette à la fenêtre... Olinka n'avait pas l'habitude des visites, et encore moins des visites nocturnes ! En cette saison où la montagne est oubliée de tous et d'autant plus avec le temps de cochon qu'il faisait, ça ne pouvait être qu'un promeneur égaré, surpris par l'orage. Elle attendit. Il frappa à la porte.

• • • • •

« Le vrai sens de la vie, c'est d'arriver à se digérer soi-même. » W. Volkoff

Les souvenirs qu'elle avait de leur enfance remontaient à plus de quinze ans ! Ils avaient partagés dans le village voisin le temps de l'enfance, le temps de l'innocence et des vacances. Ils se retrouvaient chaque été, tout naturellement, comme s'ils ne s'étaient jamais quittés, reprenant les jeux, redécouvrant les cabanes et les cachettes, la bande d'amis et les bandes ennemies, les granges et les bottes de foin, les fontaines de pierre et les bateaux de bois. Le village tout entier leur appartenait, aucun recoin de cour, aucun passage serré entre deux maisons, aucune ruelle de terre n'avaient manqué de leur livrer ses secrets. Ils exploraient, se faufilaient, se cachaient et le village devenait vaste monde à créer et recréer à chaque instant !

Le visage de cet homme dégoulinant de pluie sur le pas de la porte portait en lui ce flot d'images et de souvenirs.

Ils se faisaient face ; un sourire complice illuminait leurs yeux ; s'étaient-ils quittés un jour !?...

Olinka fit entrer Luc dans la maison.

En une respiration, il saisit le parfum d'authenticité qui émanait de la pièce : l'odeur fumée des murs et des poutres, la lumière fragile des bougies sur la table, le crépitement discret des bûches dans l'âtre... Cette maison offrait la paix !

Luc troqua ses vêtements humides contre un pull qu'elle lui tendit et fit sécher le reste en se pelotonnant près du foyer. Olinka s'affaira au fourneau ; le gratin était à point ! L'invité surprise semblait attendu !

Olinka écoutait en silence la nostalgie de l'enfance, les rêves de l'adolescence et l'amertume de la vie adulte. Luc était en dérive ; il avait regardé sa vie s'effriter comme on égraine un épi de maïs, grain après grain. Il ne restait plus que l'épi sec et vide !

— Pourquoi es-tu venu ? questionna Olinka.

— Je voulais savoir.

— Savoir quoi ?

— Savoir ce que j'avais oublié ici ?

— As-tu trouvé ?

— Oui, je crois, fit-il en la regardant fixement.

Il y eut un silence, long et dense, aussi intense que les yeux enflammés qui brûlaient pour l'être aimé, toujours refoulé, jamais dévoilé !

Il brisa le silence gêné :

— Hier soir en arrivant au village un peu avant la nuit, j'ai su que ma vie s'était arrêtée là ! J'ai cru d'abord que c'était la terre que j'étais venu chercher, celle qui m'a toujours fait défaut dans ma vie d'errance. Mais quand j'ai appris que tu étais là, mon cœur est devenu fou ! Il s'est mis à cogner dans ma poitrine, à brûler, j'ai eu mal toute la nuit, j'ai cru tout d'abord qu'il réagissait à l'altitude, au froid... Je ne voulais pas voir, pas entendre ce qu'il essayait de me dire ! Tu comprends, ça fait trop mal de savoir que l'on s'est trompé !

— Oui, fit Olinka qui comprenait bien.

— Alors, je suis venu et toi tu as ouvert, plus belle que jamais !

Il y eut un nouveau silence, un silence de gêne et de respect mélangé, et Luc reprit à nouveau :

— Je t'ai cherchée à travers toutes les autres et je ne t'ai pas trouvé, j'ai cru pourtant mais ce n'était qu'illusion ! Ce soir, la vérité supplante l'illusion... Olinka, je t'ai toujours aimée !

Elle avait écouté, elle avait frissonné, elle avait aussi rougi devant ces aveux tardifs ! Mais elle ? Quels étaient ses sentiments pour cet homme dont elle ne connaissait que l'espièglerie de l'enfance et les railleries de l'adolescence ?!

Olinka cherchait en elle, elle ne trouvait pas ! C'est trop tôt, trop vite, s'affola-t-elle et Luc perçut son désarroi :

— Je ne te demande rien, lui dit-il. Mon histoire m'appartient, je l'ai jouée avec les dés que j'avais en main ! Il fallait que mon château de cartes savamment élaboré s'écroule pour que j'entende enfin les cris de mon cœur et que j'accepte de suivre leur voix.

— Que vas-tu faire ? demanda Olinka

— Je pars... je me suis organisé... pour un an... un bateau... tu...

— Non, fit Olinka sans attendre la question, pour le moment ma vie est ici, peut-être que je cherche la même chose que toi, peut-être pas, je ne sais pas, je ne peux pas encore répondre à cette question ! J'ai besoin de temps, beaucoup de temps...

Olinka savait qu'elle s'était engagée dans une voie difficile, une voie de l'ombre. Luc s'apprêtait à en faire autant : confronter sa petitesse et sa grandeur aux éléments naturels. Deux destins si proches qui se croisent et s'entrecroisent sans jamais se toucher ! Quelle farce ! Elle en fit la remarque à Luc et ensemble ils rirent de bon cœur.

Luc s'en alla le lendemain même, il parla peu au petit déjeuner, rendit le pull à Olinka et enfila ses affaires sèches, fumées au feu de bois ! Il emporterait cette odeur avec lui et s'en enivrerait le cœur !

Olinka le regarda s'éloigner sur le chemin, elle avait mal pour cet homme qui lui avait offert sa sincérité ; elle n'avait rien fait pour différer son départ...

Elle erra une partie de la journée, ne sachant comment s'occuper ; sa vie lui apparut soudain vide et terne : « Que faisait-elle ici ? Que cherchait-elle ? Ne passait-elle pas tout simplement à côté de la vie ? De sa vie !» Éternelles questions, toujours en suspens, tapies dans l'ombre et toujours prêtes à la rattraper ! Pourquoi dès que les choses semblaient claires et limpides devaient-elles à nouveau être remises en question ? Pourquoi le doute toujours ? Pourquoi la paix de l'âme est-elle aussi éphémère que le temps d'une fleur !

La nuit tomba vite, et Olinka se retrouva dans l'ombre sans même éclairer une bougie ! Elle se laissa glisser dans une sombre mélancolie qui l'envahit comme une vague, elle monta se coucher, il ne devait pas être plus de 17 h !

Elle se réveilla avant le jour, s'habilla chaudement et sortit, l'air était glacial, elle le reçut comme une gifle en pleine figure ; peu importait l'accueil acerbe que lui faisait la nature en ce matin d'hiver, elle se sentait plus pénétrante qu'elle : elle ne repasserait pas une deuxième journée à se morfondre !

Olinka marchait sur le chemin, ses pas faisait chanter la neige, des flocons drus tombaient du ciel endormi ; la lune, dans son demi-croissant, suffisait à éclairer la route.

« Marche, ne te retourne pas » ... se répétait-elle en marchant, espérant que cette phrase qui scandait son pas, telle une respiration venant du fond de l'âme, effacerait ses doutes et ses craintes.

Elle ne fut pas vraiment surprise de se voir traverser les deux premiers villages endormis, ses pieds n'hésitaient pas, ils connaissaient la route !

Ils la conduisirent sans hésitation chez Sarah.

Le jour, doucement, faisait son entrée et la jeune femme se faufila avec lui, à pas feutrés, à travers les maisons emmêlées.

Le fumet du café sembla lui ouvrir la porte, elle s'engouffra à sa rencontre !

Sarah à son habitude ne se montra pas surprise de la visite de sa jeune amie. Elle attisa le fourneau, s'assurant que le feu avait bien pris et servit le café brûlant. Les deux femmes burent en silence. Dans la douce torpeur de la pièce, Olinka revivait l'étrange rencontre avec Luc, aussi éphémère qu'un rêve, laissant derrière elle un sentiment mêlé de plaisir et de culpabilité.

— J'ai eu de la visite, glissa-t-elle à Sarah, presque imperceptiblement.

— Ah oui ! fit celle-ci dans un souffle.

— Un homme.

— Et alors ? questionna la femme en plongeant son regard dans les yeux d'Olinka, comme pour y lire la réponse avant qu'elle ne lui soit donnée.

— Alors rien, il est reparti, fit Olinka d'un ton qui laissait croire à de la déception. Il est arrivé avant-hier soir...

— Avec l'orage !

— Ben oui, fit la jeune femme étonnée par la remarque de son amie. Il faisait déjà nuit... il a frappé à la porte... dégoulinant... Les images s'enchaînèrent... Sarah écoutait.

Un silence profond fit suite au monologue, puis Sarah demanda :

— Tu n'as pas voulu le suivre, aurais-tu souhaité qu'il reste ?

— Je ne crois pas.

— Pourquoi ?

— Pour des raisons qui m'échappent et j'aimerais bien les comprendre, fit Olinka abattue. Peut-être peux-tu m'aider ? Elle lui lança alors un tel regard d'imploration que Sarah en frémit.

— Tu es sur le chemin d'une voie étrange et étroite, tu montes haut et tu descends aussi, profondément ! Luc te ramène là où tu n'es plus.

Vous ne jouez pas la même musique, ton instrument ne peut pas s'accorder au sien... pour l'instant tout au moins et il l'a très vite perçu ; il a une intelligence subtile, mais il a aussi beaucoup de chemin à parcourir seul, avant... Elle ne finit pas sa phrase, se dirigea vers le feu puis revint s'asseoir en face de la jeune femme qui traquait tout geste, respiration et regard. Olinka cherchait dans le corps de son amie, les mots laissés en suspens.

Ce fut Sarah qui reprit la conversation :

— Il est venu à toi parce que tu commences à pouvoir donner : une fontaine vide n'abreuve personne ! Il est des êtres en compagnie desquels on ne peut que monter, il en est d'autres dont l'influence tire toujours vers le bas... Luc sait reconnaître les Vivants, c'est plutôt un bon point pour lui ! conclut-elle, amusée. Puis elle renchérit :

— Ne te hâte pas... Préfère ta faim vivante à une satiété morte ; tu n'es pas obligée de cueillir tous les fruits qui s'offrent à toi ! Mais quand tu feras un choix, fais-le avec bonheur.

Olinka avait laissé les paroles de la femme s'imprimer profondément en elle ; elle vida sa tasse, remercia son amie et se perdit dans les ruelles glissantes, elle ne se retourna pas.

Le chemin du retour vit pousser ses ailes ! Elle marcha dans le silence blanc, les flocons de neige continuaient à faire danser le paysage et le crissement de la neige sous ses semelles faisait chanter son pas. Les maisons aux portes closes reposaient dans le silence et la pureté de l'hiver. La fumée des cheminées laissaient deviner la vie qui se gardait au chaud. Olinka, seule et libre, élançait ses jambes à l'assaut du vaste monde.

Elle s'étonna d'être déjà en vue des hameaux de Valefroide, elle fit alors une halte imposée par ce qu'elle découvrit. Partout autour d'elle se dessinait courbes douces et ondulations, laissant croire à des corps alanguis. Le soleil choisit cet instant pour faire une percée et les grains de peau scintillèrent, dévoilant un frémissement de plaisir ! Olinka n'osait plus avancer, elle n'avait pas le droit de souiller cette beauté virginale. Une poésie se greffa sur son cœur en émoi, lui murmurant ces mots :

« Rondeur de la neige façonnée par le vent,
mouvement de la nature qui œuvre du dehors,
Rondeur de la femme façonnée par l'enfant,
rondeur de la nature qui œuvre du dedans. »

Olinka était au cœur de la création, quand tout est suspendu en un arrêt qui n'en est pas un ; quand tout est silence et douceur, couvant dans les profondeurs le tumulte en gestation.

Elle sut alors que son choix était juste ; elle laisserait mûrir dans ses entrailles le fruit en devenir ; elle ne se fuirait pas elle-même en disant oui à tout ce qui passe ! Elle laisserait même mûrir sa douleur, sa solitude, son désespoir ! Elle avait choisi l'école de la terre, et son plus bel enseignement était la patience... et la confiance. Olinka avait retrouvé ses forces ; elle avait rassemblé son être.

Elle reprit sa marche, avançant avec respect, allégeant chacun de ses pas afin d'éviter les empreintes trop profondes. Elle arriva au pont suspendu au-dessus du torrent, le traversa à moitié et s'agenouilla au bord, le regard envoûté par les sillons de l'eau entre les rochers coiffés ; ceux-ci portaient de drôles de chapeaux blancs et semblaient s'incliner avec respect au passage de la belle, transparente et lumineuse ; la femme contournait avec rondeur ces messieurs recueillis. L'ombre et la lumière se rencontraient dans ce lit aquatique en une caresse pudique.

Olinka ne sut pas combien de temps elle resta là, mais une langue d'ombre vint la lécher brusquement, la faisant frissonner. La douceur du soleil est un cadeau bien précieux à savourer, mais le froid restera toujours le maître des lieux ! Elle reprit son chemin, l'ombre gagnait du terrain, un silence froid s'étendait accompagné d'un vent discret ; maintenant qu'elle lui faisait face, Olinka découvrait sa morsure sur son visage, sa peau luttait en se resserrant, ses yeux se plissaient et son pas, instinctivement, s'accélérait. Quand elle fut en vue de la maison, elle la découvrit trônant au centre de volutes de neige soufflées par le vent, tout n'était que rondeurs immaculées ; on pouvait croire à une jupe voluptueuse soulignant d'un souffle féminin les murs austères et durs. Olinka se reconnut dans cette bâtisse, elle en fut profondément émue, un sentiment de fierté l'envahit ; l'une et l'autre luttaient avec courage, elles en étaient plus belles et plus dignes encore !

Olinka s'enfonçait dans les congères de neige, ces derniers mètres étaient les plus éprouvants, elle n'avait pas imaginé qu'une telle accumulation de neige fut possible en si peu de temps ! Elle tassa la neige devant la porte, taillant deux marches grossières avec les pieds, exposa ses mains à la morsure du vent, le temps de trouver la clé au fond de sa poche et entra, chez elle.

• • • • •

S'accrocher, c'est risquer de tomber lourdement ; lâcher, c'est accepter de rebondir souplement.

Depuis plusieurs jours Olinka luttait. Le froid était bel et bien son pire ennemi ! Elle n'arrivait plus à réchauffer ses os ; son corps se rapetissait sur lui-même ne lui laissant aucun répit ; même durant le sommeil il continuait la lutte ! La maison trop grande n'arrivait pas à se réchauffer et Olinka rêvait d'une hibernation duveteuse ! Elle avait pourtant tout essayé pour « battre son sang » ; les escapades en montagne étaient très efficaces, mais les conditions d'enneigement rendaient celles-ci de plus en plus dangereuses ; la jeune femme n'oubliait pas qu'elle était seule à habiter les hameaux, elle en mesurait les risques. Un matin, elle ne trouva même pas le courage de se lever, elle avait mal partout, sa tête tambourinait à tout rompre. Vaincue par le froid, anéantie par la grippe ! Il ne manquait plus que ça ! Elle s'affola : comment veillerait-elle sur le feu ? La maison allait devenir une glacière ! Comment allait-elle se soigner ? Elle n'était jamais malade ! Rassemblant son courage et son corps moulu, elle descendit malgré tout pour allumer le poêle et se remit au lit. Elle dut dormir une bonne partie de la journée car déjà la lumière déclinait. Le feu ! Elle descendit à nouveau alimenter le foyer et se recoucha pour une nuit de délire et de fièvre.

À son réveil, Sarah était là !

— On ne m'a jamais appris à reculer ! fit la jeune femme d'un ton acerbe, en se refermant.

— Savoir reculer est aussi important que savoir avancer ! répliqua Sarah. Reculer, n'est pas abandonner. Quand l'archer lance sa flèche, il recule le bras, très loin vers l'arrière... Il inspire vers lui pour mieux expirer avec la flèche lâchée. L'hiver est le temps du recul, le temps de l'inspiration, il faut pour cela se poser en soi sans risquer de s'y enliser ! Si ta lutte externe est trop grande, l'alchimie du dedans ne pourra pas avoir lieu.

Tu as essayé et tu as trouvé tes limites, voila qui est déjà une bonne chose ! Sarah, assise au pied du lit, souriait tendrement à la jeune femme.

Depuis trois jours, elle la veillait comme une mère, alternant tisanes de thym et de bourrache, œuvrant dans la maison, entretenant le feu et cuisinant des mets simples qui redonnaient petit à petit à la jeune femme le désir de manger.

— Le corps est un lieu de conflit, notre rôle est d'y entretenir la paix.

— Sarah !

— Oui !

— Merci, fit Olinka dans un souffle.

Hiver...

Le blé pousse en hiver, même si on ne le voit pas !

Elles travaillaient dur depuis quelques semaines ; la maison embaumait les herbes et tisanes diverses. Sarah cousait de petits sacs, Olinka effeuillait les plantes dans de grands sacs de toile. Elles se mettaient au travail dès le matin, la récolte avait été riche, les plantes bien séchées, l'hiver offrait maintenant le temps d'œuvrer à leur conservation et à leur présentation. Olinka avait amené avec elle tous les morceaux de tissu qu'elle prédestinait à ses couvertures en patchwork et Sarah les transformaient en d'adorables sacs multicolores porteurs d'odeurs, de senteurs et de bienfaits !

Olinka avait accepté. Elle avait suivi son amie. Elle n'avait pas renoncé, elle avait tout simplement accueilli la vie et le mouvement ! Ses résistances, ses croyances, sa fierté et ses limites s'étaient dissoutes, laissant place au souffle qui anime.

Elle avait fait son sac et rangé avec soin la maison. Elle était ensuite, montée au grenier et là-haut, s'était agenouillée devant la statuette en terre pour lui promettre sa fidélité et son retour au printemps... avec la lumière. Puis elle avait fermé précautionneusement la maison et avait suivi Sarah.

La femme amena sur la table un nouveau sac de toile, Olinka en défit les liens et entreprit de réduire la plante entière en petits morceaux à l'aide d'un ciseau. La plante ainsi découpée sera mise dans de petits sacs étiquetés et pesés. Sarah la rejoignit et leurs mains plongèrent tour à tour dans le sac dégageant à chaque brassée une bouffée d'odeur légèrement amère.

— Quelle est cette plante ? s'enquit Olinka.

— C'est l'achillée, lui répondit la femme, et en plongeant son regard dans les yeux d'Olinka elle lui dit :

— Les plantes, je te les apprendrai plus tard ; elles sont le sourire de la terre, c'est au printemps que nous irons à leur rencontre ; on ne dévoile pas ce qui se tisse en secret durant l'hiver, on le ressent seulement !

Elle fit une pause, s'approcha de la fenêtre ; dehors, il floconnait lentement, paisiblement, comme si le ciel venait amoureusement parer la terre virginale pour des noces intimes.

— L'hiver nous apprend à nous mettre en friche... Devenir ce paysage de silence blanc, se laisser recouvrir de paix... Le refus de l'hiver en soi est comme le refus de l'ombre, du terreau, du silence des profondeurs, de la lenteur et de la maturation. Le temps de la graine est plus long que celui de la fleur !

Puis déposant sur la table un nouveau sac de toile, elle reprit :

— La vulnérabilité doit être le ferment de la force. Quand tout gèle au dehors, il ne reste que les ressources du dedans pour se stimuler. L'hiver produit dans l'esprit ce qu'il enlève au corps. Aujourd'hui l'arc est tendu vers soi, demain la flèche sera lâchée vers le monde ! Un temps pour l'inspiration et la maturation, un temps pour l'expiration et l'éclosion.

Les paroles de Sarah se mêlaient au parfum des plantes, Olinka ne regrettait pas sa solitude.

— Le cycle des saisons est un apprentissage renouvelé chaque année, il nous prépare en douceur aux différentes étapes de la vie, continua Sarah.

Le temps de l'hiver est une initiation à la maturité. Si tu veux vraiment entrer dans le mystère de cette saison, va rencontrer le silence de nos vieux... Tu y trouveras peut-être bien autre chose ! fit-elle, énigmatique. Puis elle rajouta en disparaissant derrière le lourd rideau qui séparait la chambre de la pièce centrale : l'ombre et l'hiver sont propices aux révélations.

C'est ainsi qu'Olinka rencontra Rémi.

• • • • •

Rémi...

Les mots des légendes enroulent et déroulent les vies ; ils sont la source et l'aboutissement....

Rémi était un arbre, un patriarche ; ses branches étaient larges, ses fruits nombreux, il régnait sur une famille de six garçons ; six hommes pour porter le nom dans le pays et le faire fructifier ! Un clan plus qu'une famille. Ils se partageaient le plus gros cheptel de moutons du pays et les garçons, sauf un, avaient pris femme ici ; ils « emmontagnaient » l'été sur les alpages du Goléon. « Ils seraient donc voisins cet été », pensa Olinka se réjouissant intérieurement. Éleveurs, bergers, montagnards et chasseurs, la continuité était assurée et le vieux s'en félicitait, il restait droit, fort et digne malgré les années. Son clan était le plus beau « pied de nez » qu'il pouvait faire à la société d'aujourd'hui, à celle qu'il ne connaissait que par le petit écran et dont il digérait avec écœurement les nouvelles !

Rémi était un passionné, tout vibrant d'amour pour son pays. Il pouvait entrer dans un silence de roche et Olinka devinait le pâtre voué à la solitude ou au contraire, une fois la confiance accordée et la pudeur vaincue, il brillait d'éloquence, de passion et de frissons ! Olinka respectait les deux facettes de l'homme comme elle respectait les deux facettes de la montagne : austère, silencieuse et dure ou scintillante, légère, ensorceleuse !

Il vint à l'esprit de la jeune femme que Rémi ressemblait à la montagne ; la nature rocheuse s'était inscrite dans son visage avec une étrange fidélité : les sourcils formaient deux vires dans la paroi verticale du front et le nez était comme sculpté ; la bouche était plissure de glacier, tantôt rieuse, tantôt fermée sur un gouffre de silence et la majesté du personnage était toute entière révélée par l'éclat des yeux, aussi bleu que le ciel au-dessus des montagnes, immense, profond, insondable.

Il y avait dans ses rares sourires comme un vol d'oiseau élancé dans le ciel, ou encore, l'émerveillement de l'enfance qui ouvre les portes du paradis ; ces sourires-là étaient comme une passerelle jetée sur l'abîme des masques, tendue entre deux âmes.

Il laissa Olinka s'avancer doucement dans sa vie... Elle aurait pu être la fille qu'il n'avait jamais eu... La femme qu'il avait cru, un jour, pouvoir retenir auprès de lui ! Souvenirs pénibles qu'il se dépêcha d'effacer et d'engouffrer au plus profond. Il préféra penser à son épouse qui avait, sa vie durant, œuvré dans l'ombre, ne rechignant devant aucune besogne ingrate... Avait-elle au fond de son cœur rêvé une fille pour partager ses peines et ses confidences ? Elle n'en avait jamais rien dit !

Rémi refaisait l'histoire, celle-ci ne ressemblait en rien à celle qu'on apprend dans les livres d'école ; ici les mondes s'entremêlaient, on ne savait plus si la montagne faisait les hommes ou si les hommes faisaient la montagne. Les héros étaient fiers comme des rocs, solitaires et libres ; chacun à sa façon avait fait un pacte avec la montagne et celle-ci avait répondu ou trahi mais toujours elle avait su garder la mémoire. Et les nuits de pleine lune, quand l'homme parcourait les alpages, en quête de rêves et de souvenirs perdus, la montagne semait dans sa tête, les germes des légendes que ceux de là-haut nous demandent de ne pas oublier !

Guidant son regard à l'intérieur de lui-même, l'homme se mit à la recherche des légendes qui vivaient dans sa mémoire. Ses yeux s'allumèrent, ils avaient trouvé. Rémi allait raconter !

Ils étaient cinq ce soir-là. Les deux femmes étaient passées chez le vieux après la soupe. Elles y avaient retrouvé Jacques et François les fils cadets de Rémi. C'est à la demande de François, le plus jeune, que l'homme se mit à raconter l'histoire du *fugitif.* D'après les encouragements de l'auditoire, Olinka devina que tout le monde connaissait déjà l'histoire ; elle comprit aussi, en croisant le regard du vieil homme, que ce soir Rémi raconterait pour elle...

— *Il y a très longtemps, habitaient aux confins de nos montagnes des peuples vivant essentiellement de chasse. À cette époque, de vastes forêts d'épineux recouvraient les pentes de nos alpages et le gibier y était abondant. Où habitaient-ils exactement ? Personne ne le sait plus ! Dans quelque grottes ou abris de pierres...*

L'homme se lèvae, interrompant son histoire, il se dirigea vers l'unique placard de la cuisine et en sortit une bouteille vieillie et des petits verres à goutte. Il n'y avait jamais d'histoires sans le traditionnel genépi des montagnes qu'il se vantait d'aller encore chercher sur les pentes escarpées des Trois évêchés.

Le petit verre en main et l'eau de vie en bouche, notre homme continua.

Autour de la table, l'auditoire laissa l'œil s'effacer et l'oreille s'épanouir. Les hommes buvaient l'alcool, les femmes buvaient les mots.

Le vieux raconta et Olinka s'abandonna.

— *Il était descendu vers les hommes de la vallée, le cœur plein d'espoir, espérant revoir « Lana ». Il avait rencontré la jeune femme l'été précédent lors d'une fête qui rassemblait les clans des montagnes et ceux de la forêt. Les siens vivaient au pied du glacier du Goléon au cœur des eaux tapageuses et des moraines glacières. Lana vivait au cœur des grands arbres épineux. Ensemble, ils avaient ri, couru, s'étaient perdus ; ensemble, ils avaient rencontré la biche aux grands yeux sombres, présage d'amour !*

Mais leur bonheur avait omis Ran le rouge, le chef du clan et père de Lana ! Rude chasseur et maître dans l'art de tailler le silex, sa notoriété tout autant que son ambition lui faisait espérer pour sa fille un riche parti ! Aussi, était-il fou de rage devant cette complicité et cet amour naissant.

— Non ! Jamais il ne laisserait sa fille rejoindre « le clan d'en-haut », pour vivre comme une bête dans des abris rocheux, au pied du grand glacier, en prise avec les esprits et les démons des montagnes ! Jamais !

Aussi, quand Lagan armé de son seul courage et de son amour ardent descendit dans la vallée, il n'eut même pas le temps d'apercevoir la silhouette élancée et vive de la jeune fille, ni même sa chevelure flamboyante, encore moins son regard de feu et son sourire doux comme le chant d'une rivière...

La voix chaude et un peu rauque de Rémi traversait Olinka comme une vague, l'élançant sur les pentes vierges d'une nature sauvage à la poursuite d'un rêve, d'un amour... À la rencontre d'une femme, beauté sauvage, sans masque et sans fard, belle de son ignorance de se savoir belle...

— Il fut chassé et traqué comme une bête ; dans son dos des trompes résonnaient, donnant l'alerte à toute la vallée. Une flèche lui taillada le flanc gauche, lui brisant une côte... tout près du cœur !

Pour échapper à ses poursuivants, il décida de monter tout droit en direction du pic du Goléon ; une fois là-haut, il redescendrait par le glacier, personne à sa connaissance n'avait eu cette témérité ! Il frémit à cette pensée, mais avait-il d'autres choix ? Il fit l'inventaire de ses ressources : une galette de seigle, un peu de viande séchée et surtout les précieuses braises qu'il gardait bien à l'abri dans un étui d'écorces...

Il avance lentement, la douleur aiguë le tenaille, ses poursuivants semblent avoir renoncé à la traque, ils laissent les esprits des neiges éternelles se charger de ce pauvre fou qui a défié les règles en osant écouter son cœur !

L'homme halète, son sang martèle ses tempes et la sueur dégouline de son front brûlant de fièvre. L'univers blanc s'étend tout autour de lui, il a bravé l'esprit de la montagne aux neiges éternelles, gare à sa vengeance !

Rémi s'arrêta de raconter, le silence autour de lui était glacé.

Le vieux tirait lentement sur sa pipe.

— *Malgré la douleur, la fatigue, le froid qui s'insinuait dans son corps, Lagan souriait en pensant à Lana.*

« L'été prochain... je reviendrai... avec mes amis... je l'enlèverai... »

Et cette pensée l'aidait à vaincre la torpeur qui s'emparait de son corps. Ses pieds dérapaient, à tout instant il risquait la chute ; le sommet n'était pourtant pas si loin ! Un aigle passa, volant au-dessus de lui, cherchait-il à lui montrer le chemin ?

Olinka frémit. Elle chercha le regard de Rémi. Pourquoi l'aigle ?! Pourquoi le Goléon, sa vallée, son territoire, sa montagne ?! Ces questions... dans sa tête, tels des éclairs ! Rémi ne sembla pas percevoir son trouble, il fumait paisiblement, ses yeux étaient au-delà, ils atteignaient le col et débouchaient sur le vaste glacier... Sarah par contre, observait Olinka en douce. L'homme continua :

— *« Le col... enfin... sauvé... plus qu'à descendre... les siens... derrière, en bas ! » Mais le temps se gâte, il commence à neiger et la nuit tombe. « Trouver un abri pour la nuit... sortir les braises... dormir... ». Mais dans ce paysage de neige et de glace, aucun abri pour l'homme ni aucune pitié pour le faible. Ses mains et ses pieds sont gelés, son front est brûlant de fièvre, il ne tient plus sur ses jambes et tombe lourdement dans la neige. Il pense à son sac, aux braises... Il fait un effort désespéré pour retirer de son dos le pot d'écorces mais ses mains engourdies le laissent tomber... Non !*

Il se jette comme un fou sur le pot qui roule risquant de partir avec lui et le rattrape. En l'ouvrant avec précaution, il constate que les braises sont encore chaudes... C'est sa dernière chance !

Un cri aigu. L'aigle perché un peu plus haut sur les crêtes semble le regarder avec compassion, comme une invitation à le rejoindre.

Lagan n'hésite pas, il s'engage sur la crête escarpée qui mène au sommet. À l'emplacement de l'oiseau, il trouve une brèche entre deux épines rocheuses, il s'y engouffre et découvre une petite cavité qui suffira à le protéger de la neige. Avec les braises et le petit bois qu'il transporte, il allumera un feu pour réchauffer ses mains et ses pieds, sortira la viande séchée, puis s'endormira recroquevillé sur lui-même appelant du fond de son cœur transpercé, les yeux de feu qui l'ont perdu...

Rémi posa doucement sa pipe sur la table laissant son auditoire suspendu à la vie de Lagan. Tous comprirent qu'il n'en dirait pas plus. Sarah se leva la première donnant le signal du coucher. Au seuil de la porte, Rémi interpella discrètement Olinka et posant une main ferme sur son épaule, il lui dit :

— C'est à toi maintenant d'écrire la suite de l'histoire...

Cette nuit-là, Olinka ne se coucha pas. Elle marcha longtemps au hasard des ruelles, se laissant comme elles, recouvrir de blanc. Pourquoi Rémi lui avait-il demandé cela ? Que voulait-il lui dire ? Écrire ! Des contes ? Elle y avait déjà pensé. Mais il lui semblait que l'homme lui proposait autre chose qu'elle ne comprenait pas encore. Puis elle repensa à son trouble durant l'histoire du *fugitif*... Quelles étaient ces mémoires qui vivaient par-delà les temps, s'accrochant aux contes et aux légendes pour être sûres de ne pas être oubliées ?! De retour au foyer de Sarah, Olinka alluma une bougie discrète afin de ne pas réveiller son amie, elle trouva un cahier d'écolier et se mit à écrire. La chandelle et le poêle l'accompagnèrent jusqu'à l'aube. Il avait neigé toute la nuit et le matin blanc l'accueillit avec grandeur. L'histoire des amants du Goléon était écrite et jamais la préhistoire ne s'était insinuée aussi près de sa propre vie... Elle venait de jeter un pont par-dessus le temps... Où cela allait-il la mener ?!

Ce fut pour Olinka le départ d'une nouvelle aventure, celle de l'écriture. Elle passait le jour chez les uns et les autres, glanant des histoires et des mémoires qu'elle consignait la nuit dans des cahiers. Rémi était la source vive et intarissable dans laquelle elle puisait de préférence ; patriarche digne de ce nom, il portait dans le dos une besace de souvenirs. Et il vint un jour à l'idée de la jeune femme que dans ce sac, le passé le présent et le futur s'étaient donné rendez-vous, laissant à celui ou à celle qui se penchait sur ses secrets le soin de démêler la trame ! Rémi avait trouvé en cette fille un esprit vif et un cœur digne d'être nourri ; il en était heureux... et par conséquent, volubile et généreux.

Olinka n'attendait plus les soirées trop rares pour inciter Rémi à raconter. Elle avait toujours un prétexte pour se rendre chez lui : un morceau de tarte à porter, des œufs à acheter, des questions à poser ! Ensemble ils rentraient le bois, rangeaient la grange, balayaient le corridor, traçaient le chemin dans la neige, taillaient dans les congères, pelaient des pommes de terre... Et Olinka en profitait pour chercher l'entrée secrète, celle où Rémi enfouit ses yeux à l'intérieur de lui-même pour remonter la rivière du temps et laisser couler... les mots... les vies... qui se suivent, s'entrelacent, se poursuivent, recommencent inlassablement ! Le vieux, depuis longtemps, avait repéré son manège et se plaisait à la faire languir, s'amusant de son innocence et respectant sa soif : il y avait toujours une histoire pour « la jolie petite » !

Il ruminait, arrondissait ses mots dans sa tête, comme l'eau des torrents polit le granit des montagnes et les mots enchantaient les histoires comme les sources font chanter le paysage. L'arbre de Rémi hébergeait tous les oiseaux de la terre, et jamais ceux-là ne chantaient pour ne rien dire !

Olinka se laissait nourrir des paroles et des silences, des gestes vifs et des arrêts suspendus.

— Il y a dans tes yeux une flamme qui danse quand tu parles ; elle est légère et vive comme un chant d'oiseau ! Olinka l'observait depuis un moment.

— Pour que la flamme danse, il faut que le bois meure... répondit l'homme.

La cheminée finissait de consumer la bûche, le feu répandait sa douceur, ces deux-là s'ouvraient mutuellement leur cœur.

C'est bien plus tard, quand le printemps lui permit de retourner dans sa vallée du Goléon que Rémi lui raconta la légende du *Cyrille des montagnes*. Probablement avait-il attendu la complicité des hauteurs pour déposer en elle un nouveau morceau du merveilleux et mystérieux puzzle de la vie !

• • • • •

Giovana...

Nous sommes les relais de la grâce...

C'était une petite vieille, comme il en existe encore dans quelques villages ; aussi vieille que les pierres des maisons, aussi noire que le charbon de bois. Chacun de ses menus pas semblait égréner une perle du chapelet.

Les années se sont écoulées sur son dos, la laissant à chaque nouvelle épreuve un peu plus courbée. Mais celui qui croisait son regard, sentait se déposer en lui, une étrange lumière !

Giovana a usé ses dents sur le pain noir et ses mains ont pris des formes complexes, mais les mots de la prière n'ont plus besoin de dents, ni de mains pour égréner le chapelet dans le cœur, incessamment !

Giovana prie, jeûne et veille ; là est son rôle.

Quand Olinka lui rendit visite, elle ne distingua pas tout d'abord la silhouette de la petite vieille dans la pénombre de la pièce :

— Que Dieu te bénisse mon enfant, lui lança la vieille, se matérialisant dans l'ombre.

— Je vous apporte un morceau de cake... de la part de Sarah... fit la jeune femme intimidée et mal à l'aise.

— Viens, approche-toi...

Olinka s'avança vers la forme noire assise dans un fauteuil au fond de la pièce. La vieille lui tendit deux petites mains fripées en signe de bienvenue ; Olinka les prit et une douce chaleur l'envahit dissipant tout malaise. Elles restèrent ainsi quelques secondes dans le silence de leur rencontre, et jamais Olinka n'oublia cet instant.

Il y avait bien longtemps, quand elle était petite fille, Giovana avait interpellé Dieu et lui avait fait une promesse :

« Seigneur, si ton désir est que je sache lire un jour, je te fais le serment que jamais je n'ouvrirai d'autres livres que la Bible et les Évangiles. »

Et elle avait appris à lire... dans son livre de messe... en suivant les offices religieux du dimanche et des fêtes.

Depuis tout ce temps, les mots de Dieu coulaient dans ses veines.

— Je peux prier avec toi Giovana ? demanda la jeune femme en s'asseyant comme d'habitude, tout près d'elle sur le petit tabouret. Elle posa une main sur la cuisse décharnée de la vieille et ensemble, elles écoutèrent battre les secondes de la pendule unissant leurs âmes.

— Tiens, c'est pour toi, lui dit la vieille en lui glissant dans la main avec une extrême tendresse un vieux chapelet usé.

Olinka prit le précieux objet et se mit à faire rouler les petites boules de bois sous ses doigts malhabiles : un *« Notre père »*, dix *« Je vous salue Marie »*... Les prières de son enfance s'égrenaient doucement, une paix s'installa en elle ; sa prière s'associait à sa respiration et des parcelles de Dieu semblaient pénétrer en elle, gonflant son cœur.

— Prie ma petite fille, l'encouragea la vieille, loue Notre Seigneur et sa Très sainte Mère. La prière est plus importante que tout... La prière est tout.

— Pour qui pries-tu Giovana ? questionna timidement la jeune femme.

— Je prie pour le monde, pour que Dieu ne l'oublie pas. Puis après un temps de silence, elle rajouta : Dieu sait mieux que nous à qui notre prière doit être offerte, alors faisons-lui confiance et prions, tout simplement.

Et à nouveau son cœur et son âme revinrent à lui. Giovana n'était que prière. La prière s'écoulait en elle comme coule une rivière.

• • • • •

— Sarah, qui est Giovana ? Elle parle peu, je ne sais rien de sa vie, s'enquit Olinka. Est-ce une sainte ?

Sarah sourit :

— Seul Dieu pourrait te répondre ! fit Sarah amusée et attendrie par l'enthousiasme et la spontanéité de sa jeune protégée. Peut-être Giovana fait-elle partie sans le savoir de ceux qui contribuent à garder le monde debout. Dieu se nourrit de nos prières ; qui sait si sans elles il ne serait pas voué à disparaître de la face du monde ! N'as-tu jamais pensé que Dieu avait besoin de nous autant que nous avons besoin de lui ! ?

Puis elle rajouta :

— Il y a sept ans de cela, Giovana a perdu son fils cadet, elle est restée alitée une année complète, atteinte d'un mal indéfinissable et tout le monde au village la croyait perdue. Je l'ai beaucoup veillée à cette époque, je venais de m'installer au pays et une complicité s'installa rapidement entre nous... Elle ne faisait pas partie des gens qui se rassuraient dans leur médiocrité en jugeant les autres. Sarah marqua un silence ; c'était la première fois qu'elle confiait à la jeune femme une part de sa souffrance passée...

Se reprenant, elle continua :

— Devant ma peine de la voir ainsi souffrir, Giovana me confia un jour la cause de sa maladie, me demandant de ne la révéler à personne au pays.

Elle avait offert sa santé à Dieu en échange de la paix de l'âme de son fils défunt et elle ne cessait de rendre grâce, heureuse d'avoir été entendue et honorée par Dieu.

— Alors, c'est bien une sainte, fit Olinka émue.

— Elle s'est donnée à Dieu sans retenue dans une vie d'épreuves et de combats. Son mari lui a donné neuf enfants avant de disparaître. Elle les a élevés seule... Aucune famille du village ne lui est venue en aide ! Elle n'était pas du pays tu comprends !... Rien qu'une rapportée... une étrangère ! la voix de Sarah était amère. Mais elle les a tous « bluffés » : *« frappes et l'on t'ouvrira »*, avait dit le Christ et Giovana en avait fait sa devise. Elle s'avéra être une très bonne gestionnaire, elle acheta des terres et fut la première à ouvrir un commerce au village, une petite épicerie... Elle proposait et Dieu disposait, jamais elle ne forçait la porte, jamais non plus elle ne manquait de l'ouvrir !... Et toujours elle rendait grâce.

— Quel âge a-t-elle ? demanda Olinka les yeux rêveurs.

— 94 ans.

— Sarah, pourquoi m'as tu dit son secret ?

— Parce que comme elle... et comme moi... tu n'es qu'une « rapportée » au pays, une demie étrangère ! Et cette fois, elle souriait.

• • • • •

Jean...

« Si le cœur ne contemple pas, l'œil ne verra pas. » Maître Eckhart

Avec sa façon de dire sans expliquer, elle la rendait perplexe, mais cette confusion œuvrait à un cheminement nouveau de sa pensée. Elle se laissait imprégner, ne cherchait plus à comprendre, posait moins de questions, n'attendait plus de réponses. Elle partageait une présence, un regard, une intelligence des mains, un rythme de vie, un souffle, une respiration. Durant de courts instants, elle se sentait au cœur même de la vie, baignée dans le vaste océan ; elle n'était plus séparée d'elle-même ni de la grande pulsation du monde.

Sarah lui avait dit un jour :

— Toi tu es comme le petit poisson au fond de l'océan, tu cherches à comprendre quel est ce merveilleux océan dont certains parlent avec beaucoup d'enthousiasme et tu ne vois même pas que tu baignes dedans, que tu te nourris de lui, qu'il fait partie de toi-même ! Et elle avait rajouté :

— Nos souffrances viennent de cette séparation, mais celle-ci est aussi la source de nos élans, de notre mise en route. Il est un temps pour chercher, un temps pour connaître et enfin un temps pour se dépouiller et savourer le vide ! Reconnaître l'Amour dans lequel on baigne et ne plus le chercher à l'extérieur.

— Sarah, pourquoi m'apprends-tu tout cela ?

Olinka n'avait jamais osé poser les questions qui la tenaillaient depuis longtemps. Sarah était une femme mystérieuse, souvent imprévisible, elle jouait avec les silences et la distance, quelques fois très proche, d'autres fois lointaine, comme aux frontières du monde... Elle ne répondait pas toujours aux questions d'Olinka, les esquivant ou faisant semblant de ne pas les entendre. Mais Olinka commençait à mieux connaître son amie et à discerner les passages lui permettant de se glisser vers plus d'intimité. Sentant une ouverture, elle décida donc de se faufiler par la porte subtilement laissée entrouverte !

— Sarah, ajouta-t-elle en prenant son courage à deux mains dans une grande inspiration, tu ne m'as jamais dit pourquoi tu es venue à moi ! Au torrent, tu savais que j'y allais souvent, n'est-ce pas ! Tu m'avais donc observée ! Pourquoi ?

Un silence profond fit suite au flot de paroles enfin lâché.

Sarah se leva, elle rajouta une bûche dans le poêle. Elle aimait se réfugier dans cet endroit de la pièce, l'ombre dans ce recoin lui offrait l'entrée en elle-même. Olinka ne fut donc pas étonnée de la réaction de son amie. Elle attendait, un peu anxieuse, que Sarah revienne s'asseoir en face d'elle.

— Mon père me l'a demandé, lâcha-t-elle subitement.

— M-mais, bégaya Olinka, pourquoi ? Je ne connais même pas ton père, protesta-t-elle ! Que me racontes-tu ?

— Si. Tu l'as connu il y a longtemps ; tu n'étais qu'une petite fille de 8 ans !

La tête d'Olinka se mit à tourner, les propos de Sarah la ramenait loin en arrière, elle revit les pâturages, les moutons et l'homme au bâton, assis sur le rocher plat. Elle se rappela son escapade solitaire sur le plateau, l'élan qui l'avait poussé là-haut ce matin-là. La joie intense de cette liberté des hauteurs et la punition sévère qui l'attendait au retour !

Il s'appelait Jean et ceux du village parlaient de lui à demi-mots. Certains semblaient le tenir en grand respect, d'autres semblaient le craindre, d'autres encore le raillaient... Il n'y en avait pas fallu plus pour aviver la curiosité de la fillette de 8 ans !

— C'était pendant les grandes vacances, se rappelait Olinka. Je crois que je n'ai jamais oublié cette rencontre, mais elle était comme un rêve, appartenant à un autre monde, une autre réalité, un autre temps... une autre Olinka !

— Celle que tu es en train de retrouver ! Les rêves finissent toujours par nous rattraper, fit Sarah mystérieuse. Puis elle se leva, invitant la jeune femme à sortir avec elle.

Elles traversèrent le village calfeutré, le froid était vif, l'air sec et la nuit déjà noire. Elle prirent la piste au pied du village et s'enfoncèrent dans le noir de la nuit ; cette même piste qu'avait prise Olinka seule, il y a vingt ans de cela !

Sarah ne parlait pas. Les deux femmes faisaient leur trace dans la neige fraîche. Le froid qui les saisissait semblait marquer l'entrée du territoire lointain des étoiles. Sarah marchait en tête, Olinka la suivait, s'appliquant sur chaque pas. Plus elle s'éloignait des lumières du village, s'enfonçant dans le noir de la nuit, plus elle se trouvait étonnement petite dans l'immensité astrale ! Des langues brûlantes de froid venaient par moment lécher ses poumons, glisser dans son sang et la jeune femme prenait plaisir à se laisser ainsi pénétrer par le grand vide glacial.

Sarah marchait vite, elle semblait savoir où elle allait. Elles approchèrent du premier groupe de maisons, Olinka en devinait les contours. Les bâtisses hibernaient sous l'épaisse couche de neige inviolée. Sarah sortit du chemin et entreprit, non sans mal, de contourner une petite maison en contrebas. Devant la porte, elle fit teinter un lourd trousseau où pendaient deux énormes clés en fer forgé.

La maison silencieuse les accueillit avec une sorte de bonté et de douceur propre aux vieilles gens !

Sarah alluma une bougie, ses gestes étaient précis ; elle fit un feu. À la lumière des flammes, des parcelles de vie intérieure se dévoilèrent petit à petit ; la jeune femme laissa le lieu venir à elle.

— Jean vivait ici, n'est-ce pas ?! Olinka ressentait en ce lieu inviolé l'empreinte vivante de l'homme, scellée dans la paix et l'humilité des pierres. Sarah ! Qui était ton père ? La voix d'Olinka était douce, empreinte de mélancolie ; les souvenirs de sa rencontre avec l'homme lui revenaient en mémoire, de plus en plus précis...

La femme ne répondit pas, elle s'affairait autour de la cheminée. Bientôt, elle invita Olinka à la rejoindre auprès du foyer et se mit à raconter...

— Il était du sud, vers Manosque. Il est venu avec les moutons, puis il a décidé de rester. Il a rencontré ma mère à cette époque... une jolie Parisienne en vacances chez sa tante.

Olinka écoutait dans l'ombre de la pièce ; Sarah l'avait peut-être déjà oubliée.

— Il était très beau, le corps puissant et le teint hâlé des hommes qui marchent. De quoi faire rêver une jeune écervelée en manque d'exotisme...

Le ton de la voix était amer.

— Ça n'a pas tenu longtemps... le temps d'une petite fille de trois ans.

La voix pudique se forçait à contenir sa tristesse.

— Ma mère était ambitieuse. Issue d'une famille d'artistes, elle n'a pas supporté longtemps l'austérité de ce « pays ». Elle m'a ramenée avec elle à Paris... Là bas, elle me traînait de cocktails en expositions, et quand elle invitait à la maison les dignes représentants du « gratin parisien », j'étais envoyée chez Nounou !

Olinka s'approcha et serra la main de la femme. Sarah y trouva le réconfort nécessaire pour reprendre sa confession :

— Mon seul bonheur était de retrouver mon père pendant les vacances. Il m'a tout appris, tout ce que je suis : les plantes, les mains, la nature... les pierres, le vent, la pluie, la rosée... et puis Dieu... plus tard... bien plus tard.

Tu comprends maintenant ? Je lui ai promis de transmettre à mon tour... et il t'a choisie... il me l'a dit avant de mourir.

Olinka était bouleversée par cette confession soudaine.

— Pourquoi moi ? demanda-t-elle enfin. Nous ne nous sommes vus qu'une seule fois ! Et j'étais si petite !

— As-tu souvent fait de vraies rencontres ? questionna Sarah.

— Non, fit la jeune femme spontanément, Jean était la première et tu es la deuxième !

Le feu avait du mal à prendre et elles commençaient à grelotter.

— Et si nous dormions là, proposa Olinka, on se tiendra chaud dans le lit, il y a un gros édredon et plein de couvertures derrière la porte !

Sarah acquiesça et les deux femmes se glissèrent habillées sous l'édredon.

— Sarah ! Parle-moi encore de lui.

Sarah respira intensément l'odeur de la maison paternelle et les souvenirs remontaient comme des vagues... Ici un mot... là une image... puis le son de sa voix... et la main rêche et puissante tenant fermement celle de la petite fille quand ils dévalaient en courant et riant les pentes des pâturages. Elle se mit à raconter et les murs de la maison, plongés dans le noir, s'étaient mis à revivre.

— Pendant l'été, on vivait dehors, il glissait un morceau de pain dans nos poches, une gourde dans son sac et il disait en passant la porte : *« Des pieds pour avancer, des yeux pour admirer, un esprit libre pour penser et un cœur pour se laisser combler ».* Et il prenait ma main et m'entraînait gaillardement à l'assaut des pentes.

Mon père m'a donné le goût des choses simples, il disait : *« Ce qui est simple sera toujours juste car la simplicité est un joyau qui n'a pas de temps, elle appartient au noyau du monde ».* Je me souviens de cela car je l'ai écrit plus tard, adolescente, dans un cahier... que j'ai toujours.

Mon père était fougueux, je crois qu'il dégageait une forte personnalité, il aimait la clarté et n'hésitait pas à mettre les points sur les i avec les gens qu'il côtoyait ; seulement, il n'était pas du pays et on le lui a fait comprendre. Les plus mauvais ont cherché à lui nuire en s'en prenant aux bêtes. Il a tenu bon, il n'était pas le genre d'homme à reculer devant l'adversité. Il a compris à cette époque que ce qui ne nous brise pas nous rend plus fort et il a su tirer sa force de sa marginalité.

Olinka imaginait le jeune homme fougueux et beau comme un jeune cheval mal débourré, puis l'homme mûri par la mesquinerie, la jalousie, la férocité des hommes, et trouvant refuge auprès des bêtes et de la nature...

Mais le vieil homme qu'elle avait rencontré ? Celui qui « jouait à cache-cache avec Dieu »... Qui était-il ?

Sarah semblait suivre le cours de sa pensée car elle enchaîna :

— À l'école des solitudes montagnardes, à force de côtoyer les cimes, l'azur du ciel et le silence des hauteurs, le grand gaillard sauvage sans loi ni maître se rapprocha de Dieu... ou peut-être Dieu s'approcha-t-il de lui !

C'est une époque où je l'ai peu côtoyé, j'étais très occupée par mes études de vétérinaire et de stages en stages, je ne trouvais plus le temps de revenir ici. C'est plus tard, que j'ai réellement pris conscience de sa transformation et simultanément, j'ai compris tout ce que j'avais perdu ces dernières années... En croyant m'enrichir de savoir multiples, je découvris, alors, combien sa richesse à lui était supérieure à la mienne ; son savoir était incarné dans sa chair, dans ses os, dans son cœur ; il avait su se laisser emplir de tout ce qu'il avait touché, palpé, rencontré, observé... Son œil voyait, son oreille entendait, son nez sentait ! Lors de ma visite chez lui pour lui annoncer la réussite à mon diplôme, il me regarda intensément, il semblait se concentrer sur mon visage et dit alors cette phrase que je ne compris pas :

« La croix du visage... un oiseau qui plonge ou un oiseau qui s'élève ?! »

— Et aujourd'hui, tu l'as comprise ? questionna Olinka.

— Je crois, mais le plus important, c'est que cette phrase a su me mettre en mouvement.

— Comment ça ?

— J'ai commencé à observer le monde autour de moi avec un autre regard, les êtres humains surtout, j'ai exercé mon œil intérieur et je le posais exactement où mon père avait posé le sien sur mon visage, à la racine du nez, entre les deux yeux.

— Au centre de la croix !

Les deux femmes se turent et les murs rentrèrent dans le silence des pierres. Olinka suivit les cercles concentriques d'un oiseau dans le ciel... Sarah respira l'odeur de la maison : odeur où se mêlait la patience et la gravité de la terre... odeur de l'ombre et de l'humilité... odeur des complicités sans mots... odeur enfin, de la vérité et de l'enfance ravivée.

La bougie danse et anime les visages, leur donne couleur et vie, révélant mieux que toute autre lumière les faces cachées de chacune. Le jour ne va pas tarder à se lever. Les deux femmes assises à la table se font face, le thé est brûlant et les yeux de chacune se perdent dans ceux de l'autre sans pour autant chercher à voir. Pourtant, ce matin-là, Olinka rencontrera la beauté de l'âge mûr.

Une beauté façonnée du dedans, lustrée d'un soleil venu du cœur, en accord discret avec le corps, le geste, la parole et le regard ; une beauté construite sur les profondeurs où l'on ressent la sève de l'arbre de vie et la force de l'axe du monde !

Beauté grave, beauté pacifiée.

• • • • •

Guérisseuse...

Olinka était assise sur le tapis devant la cheminée. Sarah préparait le thé. L'après-midi s'était écoulé lentement, au rythme de la saison.

— Regarde *Crapule*, il vient toujours se coucher à côté de moi ! C'est un vrai chien de compagnie ! fit remarquer Olinka amusée, en caressant le berger allemand.

Depuis la nuit où Sarah avait pu se confier et lever le voile sur « l'homme des cimes », comme elle aimait nommer son père, les relations entre les deux femmes devinrent plus chaleureuses. Sarah se simplifiait, portée par la mémoire de Jean et la curiosité insatiable d'Olinka, elle était en confiance.

— Pose tes mains sur lui, proposa Sarah à brûle-pourpoint, une sur sa tête à la base du crâne et l'autre au bas du dos, sur son sacrum.

Olinka s'exécuta ; cherchant son confort elle choisit de se mettre à genoux au côté du chien, celui-ci paraissait plutôt content de cette attention toute particulière subitement accordée.

— Que dois-je faire maintenant ? questionna la jeune femme.

— Quand tu veux garder de l'eau dans tes mains, que fais-tu ?

— Je les creuse légèrement, je les arrondis, je les rends douces et fermes à la fois, fit la jeune femme.

— Et bien, quand tu es en contact avec les rivières du corps de l'autre, c'est exactement la même chose, tes mains doivent se faire accueil pour que le corps trouve un appui et s'y pose en confiance. Si tu avais tenu tes mains trop durement ou trop mollement, l'eau se serait échappée.

Puis observant sa jeune élève, elle la guida :

— Veille à ce que tes épaules ne se crispent pas... Respire, ne bloque rien... Laisse tes mains se glisser à l'intérieur de son corps, fusionne avec lui... comme si vous ne faisiez qu'un.

Olinka se laissait guider, il lui sembla bientôt que son souffle diffusait sous ses mains et que celles-ci fondaient dans les profondeurs du corps de *Crapule* !

La respiration du chien avait changé :

— Mais ! Il dort ! s'exclama la jeune femme.

— On dirait bien, répondit Sarah amusée.

— Que lui ai-je fait ?

— Tu l'as endormi, c'est tout...

— Mais, je n'ai rien fait, au contraire, objecta Olinka, rien, j'ai juste posé les mains comme tu me l'as proposé !

— C'est bien, tu proposes et le corps dispose...

Olinka s'était légèrement écartée de la masse de poils noirs profondément endormie, elle considérait l'animal avec étonnement.

— Celui qui fait sans rien vouloir peut être étonné de ce qu'il réalise ! Sarah avait posé les tasses sur le tapis et s'était assise à côté de la jeune femme. Elle continua :

— L'absence de savoir doit être ta seule véritable Connaissance. Laisse-toi guider par tes mains et par ton cœur.

— J'ai déjà appris à faire confiance à mes pieds, rétorqua Olinka en riant.

— Je le sais, c'est pourquoi je t'emmène plus loin, aujourd'hui.

— Sarah, fit la jeune femme, d'où tiens-tu tes connaissances ?

— La Connaissance est d'abord en nous, il suffit de

dépoussiérer certains recoins de mémoires profondément enfouies... Je suis là pour t'y aider ; le désir, le travail et la bonne volonté font le reste ! Mais sache que tout est là, autour de nous, reposant dans *« la grande boîte à mémoire universelle »* en attente d'être cueilli par un esprit en éveil. Le passé, le présent et le futur marchent bien souvent main dans la main !

Elles burent leur thé en silence ; *Crapule* à leur côté, dormait d'un sommeil innocent, ne se doutant pas qu'il avait été l'objet d'une aventure qui ne faisait que commencer...

• • • • •

— Tu viens avec moi ?

Sarah s'apprêtait à sortir, sa question résonna comme un ordre à l'oreille affinée d'Olinka.

— Où va-t-on ? s'enquit la jeune femme qui ne savait pas comment s'équiper.

— On ne va pas loin, dans le village, tu n'as pas besoin de mettre tes gants.

Elles sortirent, dehors le vent soufflait sur la neige, les deux femmes rentrèrent la tête dans les épaules et enfournèrent leurs mains dans les poches. Olinka suivait la femme dans les ruelles étroites, elles évoluaient selon les caprices de la neige, une fois molle sous le pied, puis soudainement croûtée ou soufflée ; leur équilibre était précaire.

Elle contournèrent le four à pain, puis descendirent en direction de l'église, tournèrent à droite avant celle-ci et s'arrêtèrent devant une maison qu'Olinka ne connaissait pas. À l'exemple de Sarah, elle secoua ses pieds vigoureusement pour en chasser la neige et pénétra dans le sas d'hiver. Sarah entra sans frapper, elle s'annonça en parlant fort pour être sûre d'être entendue :

— Mémé Jeanne ! Vous êtes là ?

— Entre ma petite, lui répondit une voix encore vigoureuse de derrière les rideaux.

Sarah fit signe de se dévêtir, elle posa son manteau sur un dossier de chaise, Olinka en fit autant.

— Comment allez-vous mémé Jeanne ? Je vous présente Olinka, c'est la petite fille du Laurent.

— Oh ! Approche petite que je te voie, j'ai bien connu ton grand-père, on était à l'école ensemble, j'étais de son village et puis je me suis mariée avec un d'ici, alors, après toutes ces années, je suis plutôt d'ici maintenant tu comprends.

Olinka comprenait... Et elle d'où était-elle ? Elle n'était qu'une « rapportée » comme le lui avait rappelé Sarah l'autre jour en plaisantant. Elle revenait au village après deux générations d'abandon ! Les gens d'ici avait la mémoire longue et les envolées vers d'autres horizons étaient pour eux trahisons ! La mémé ne tarda pas à le lui faire remarquer :

— Mais... ton père... il est parti lui !

— Il avait 12 ans... il a choisi... Il voulait étudier la médecine.

— Ta pauvre grand-mère en a pleuré.

— Et mon grand-père l'a banni !

— Faut comprendre... son seul fils !

— Mon père en a beaucoup souffert, c'est pour cela qu'il est parti à l'étranger... Heureusement, il y avait les vacances... Je les passais au village avec mes cousins.

— Et ta mère ? On l'a pas connue ! fit la femme d'un ton de reproche.

— Il l'a rencontré en Pologne... elle était infirmière... Il l'a ramenée avec lui... ils ont pris beaucoup de risques...

Olinka voulait mettre fin à cette conversation, elle ne contrôlait plus les sueurs qui l'envahissaient. Pourquoi Sarah lui infligeait-elle cette épreuve ? Dans sa solitude des alpages, elle avait pu se préserver des commérages de village, ici elle y était exposée, elle le savait et le redoutait d'autant plus !

Heureusement, Sarah lui vint en aide :

— On regarde ce dos mémé Jeanne ?

Elle aida la vieille femme à se tourner sur le côté, s'assit au bord du lit et posa ses mains à différents endroits, passant par la tête et allant même jusqu'aux pieds. Les mouvements étaient liés, s'enchaînant sans rupture, on aurait dit que Sarah jouait avec le corps de la vieille comme d'un instrument, testant, écoutant les sons, accordant les cordes... jusqu'à ce que celui-ci rende un son harmonieux et fluide.

— Il suffit de trouver où est le barrage, d'enlever la pierre et c'est reparti ! la rivière se remet à couler... commentait-elle pour Olinka. Ses mains glissaient le long de la colonne vertébrale :

— Chaque vertèbre est comme une touche de piano, chacune d'elle doit s'effacer sous la pression douce de tes doigts, puis revenir naturellement à sa place. Vas-y ! Promène-toi sur son dos et fait jouer le piano.

Olinka un peu désorientée par la proposition soudaine prit malgré tout la place de la femme et laissa glisser le bout de ses doigts sur le clavier... Elle ferma les yeux et imagina le son que pouvait produire chaque touche et... ça marchait ! Le son ne vibrait pas dans ses oreilles, mais ailleurs en elle et elle discernait avec précision les notes justes et les fausses notes ! Olinka très concentrée, jubilait d'une joie intérieure, ses joues s'étaient colorées et sa respiration était ample et calme... Elle aurait pu rester ainsi durant des heures, le temps n'existait plus dans la mélodie des profondeurs !

Elle tourna vers Sarah un visage rayonnant et des yeux pleins de couleurs.

Sarah sortit ensuite de son sac en peau, un petit flacon d'huile de couleur rouge, elle s'en enduit les mains et se mit à masser le dos de la vieille femme.

— Voilà, mémé Jeanne, je repasserais la semaine prochaine, en attendant je vous laisse cette petite bouteille, fit-elle en tirant du sac un autre flacon, c'est de la teinture de genièvre, vous en prendrez 15 gouttes par jour dans un demi-verre d'eau.

— Merci fille, prends le paquet qui est sur la table, c'est pour toi. Et s'adressant à Olinka : « Alors petite, tu apprends le métier ? »

Olinka bredouilla quelques mots inaudibles, la vieille vit son embarras et reprit :

— Ton grand-père était un peu rebouteux... pour les animaux surtout il était bon... il avait une bonne main, comme on dit chez nous... Beaucoup de sang-froid aussi... dans les situations d'urgences, c'est lui qu'on venait chercher, il a même sauvé mon frère quand il était gosse... un couvercle de boîte de conserve... ils jouaient avec ça les gamins !... Le Pierrot l'a reçu dans le cou, ça lui a tranché la carotide ! Ça giclait le sang... C'est ton grand-père qui est arrivé avec ses tenailles de maréchal ferrant ! Il a serré tout ça et il a attendu comme ça qu'on aille chercher le docteur à La Grave.

Olinka ne connaissait pas cette histoire et elle était reconnaissante envers la vieille femme de faire revivre pour elle la mémoire de son grand-père.

Elles s'embrassèrent avant de se quitter et Olinka promit de revenir.

Il y eut des visites à domicile et aussi des gens qui frappaient à la porte de Sarah... Olinka suivait son amie, le « pays » se laissait découvrir de l'intérieur, chaque porte ouverte sur le dedans était un cadeau précieux. Olinka était souvent retenue à la cuisine par l'un ou l'autre des membres de la famille, elle partageait le café ou la citronnade selon l'heure du jour. Quelques fois son regard se posait sur une photographie accrochée au mur ou placée sur le buffet, elle questionnait et l'autre racontait, heureux d'ouvrir pour elle la boîte des souvenirs... même si ça faisait mal ! Olinka découvrait que sa présence inspirait confiance et confidence, elle avait le don de trouver les chemins du cœur, ceux qui font fondre les peurs et les résistances !

Sans le savoir, la jeune femme complétait et affinait le travail de la guérisseuse, elle écoutait et permettait aux maux de trouver des mots, elle ouvrait des portes, favorisait des passages, diluait les souffrances et ravivait les braises de joies oubliées...

D'autres fois, elle suivait Sarah dans la chambre, s'asseyait à ses côtés et assistait à son travail de soin : le ballet de ses mains, le rythme de sa respiration, le timbre de sa voix, la qualité de ses silences...

— Rien ne sert de forcer le corps, lui disait Sarah, il suffit de le mettre en mouvement et tout se rééquilibre, naturellement. C'est la même chose pour le monde dans lequel on vit : chercher à l'améliorer ne sert à rien, il suffit de rétablir l'ordre naturel et tout reprend sa juste place !

Ce jour-là, l'homme était assis sur une chaise, Sarah debout derrière lui avait posé les mains sur ses épaules et ne bougeait pas ou du moins pas visiblement. Olinka observait à distance quand tout à coup, elle perçut dans son propre corps toute la richesse des mouvements internes qu'impulsaient Sarah, exactement comme si elle agissait sur ses propres épaules ! Les ondes du mouvement se diffusaient dans son corps, glissant entre les tissus comme entre les couches d'un mille-feuilles bien crémeux et coulant bientôt dans ses os !

Quand de retour chez elles, Olinka fit part à son amie de son expérience, Sarah lui dit :

— En s'oubliant soi-même, on peut s'approcher de l'autre, tellement près, que quelques fois il est possible de fusionner avec lui. Alors, on pense ce qu'il pense et on sent ce qu'il sent...

Olinka était perplexe, tout cela allait un peu trop vite pour elle !

• • • • •

Depuis plusieurs semaines, Sarah enseignait et Olinka se laissait enseigner, laissant les mots trouver un écho dans son corps. Chaque mot, chaque geste œuvrait en elle comme une percée vers un monde nouveau qu'elle apprenait à pénétrer sans pour autant en forcer l'accès. Elle ne cherchait pas à résoudre les mystères mais se laissait éblouir en silence et en profondeur. L'hiver, dont elle redoutait la longueur, la monotonie, le poids de la solitude et la rudesse du climat s'avérait en fait un cadeau de chaque instant. La nature s'était effacée pour un temps, laissant place à l'enseignement des hommes.

Olinka pénétrait dans l'âme des gens tout comme elle avait appris à le faire avec les éléments autour d'elle : l'eau, la roche, le feu, l'air et le ciel... Elle s'étonnait à penser que Sarah continuait pour elle l'enseignement de l'eau, Rémi celui de la terre, Giovana celui du ciel...

« Et qui se chargerait de l'enseignement du feu ?! se demanda-t-elle. Si ce n'était pas l'hiver, peut-être serait-ce le printemps... ou plus probablement l'été ! » Olinka resta rêveuse.

— Quand tu poses la main sur le tronc d'un arbre, tu connectes ses racines. Si tu poses la main sur l'herbe, tu ressens la terre qui vit au-dessous. Et bien, quand tu poses la main sur une épaule, tu peux connecter n'importe quelle partie du corps

Sarah enseignait et la nature vibrait dans ses mots ; la couche de neige, le givre et le gel n'arrivaient même pas à la couper de la terre !

— Tu laisses ton esprit traverser les couches successives : les muscles, les os, les organes... Sur chacune d'elle tu peux décider de te poser... un moment... à l'écoute de ce qu'elle a à te dire, à te donner ; ainsi va le mental, aucun obstacle ne peut arrêter l'œil du dedans.

— Il suffit de toucher un point du corps pour toucher le corps tout entier ? fit Olinka méditative.

— Et peu importe ce que tu touches ; quand le contact véritable avec l'être s'établit, le corps tout entier se donne sous tes mains. L'invitation acceptée, il ne vous reste plus qu'à vous promener tous deux, corps dans la main !

— Magnifique ! fit la jeune femme excitée.

— Sous tes mains, le volume que tu englobes doit glisser de la même manière qu'un bateau amarré souplement au quai. C'est probablement ce que tu as senti avec ton mille-feuille bien crémeux ! fit-elle en souriant, puis elle reprit :

— Si à partir du quai, tu tires doucement sur l'amarre de la proue, le bateau vient à toi sans résistances. Chaque volume du corps doit être pour toi ce bateau qui n'attend qu'une légère impulsion de ta part pour te donner sa glisse, et sa globalité.

— Qui choisit la direction du mouvement ? questionna la jeune femme.

— Tu testes la facilité de ton bateau, le sens dans lequel il va le plus volontiers, tu prends ce qu'il te donne, tu accompagnes. Ensuite, tu attends la réponse élastique... tu sais, le moment où l'amarre rappelle le bateau.

— J'aime bien ton image de bateau, c'est mieux que la crème anglaise ! fit la jeune femme rieuse.

— Le corps, c'est 70% d'eau ! continua Sarah sans perdre le fil de sa pensée. Ton travail est de ramener le corps à ses liquides ; l'alchimie réside dans la transformation du caillou en rivière !

Elle se leva et vint poser ses mains sur les épaules d'Olinka. La jeune femme sentit comme une vague la parcourir, les mains de Sarah se fondaient en elle, descendant à travers ses bras et dans sa cage thoracique presque jusqu'à ses reins. Elle sentit le mouvement arriver sous son sternum, l'animant d'une spirale qui entraîna les épaules avec elle, puis vint les côtes et les poumons, puis le foie, l'estomac et les reins et bientôt le bassin fut emmené à son tour dans la danse... La respiration des deux femmes s'accordait ; le ventre d'Olinka chantait son contentement et son corps tout entier s'abandonnait au mouvement de la vague ; plus de barrages sur la rivière ! Elle devenait liquide.

— Certains forcent la structure, l'obligeant à entrer dans un ordre préétabli ; moi je me contente d'ouvrir des portes et de créer des passages, fit Sarah en ramenant doucement Olinka au port. Traque les endurcissements en toi et fais-toi rivière. C'est un travail. Un véritable travail des profondeurs ! fit-elle avant de se lever mettant un terme à leur discussion.

Ainsi, dans le prolongement des grandes escapades d'automne en montagne, Olinka plongea dans les profondeurs de sa caverne, expérimentant le corps qu'elle était et non plus celui qu'elle avait. Elle exerça son œil intérieur, celui que l'hiver faisait germer dans le repli discret et prometteur de la terre.

• • • • •

Quelqu'un frappait violemment à la porte. Les deux femmes endormies se levèrent d'un bon, échangeant un regard d'étonnement ; Sarah se dirigea vers la porte. L'homme s'apprêtait à redoubler ses coups, il semblait très anxieux :

— Sarah, fit-il en haletant... ma femme... elle accouche !

Sarah bondit derrière le rideau du lit, enfila une lourde jupe en laine coupée dans le biais qui descendait presque jusqu'aux pieds, elle sauta dans ses après-ski et attrapa sa besace en peau :

— Retrouve-moi là-bas, jeta-t-elle à Olinka en passant la porte.

Quand Olinka entra dans la seule maison éclairée du village à cette heure avancée de la nuit, les cris du bébé l'accueillirent.

Sarah était arrivée au moment de la poussée, elle avait enduit ses doigts d'huile de calendula et doucement avait lissé la paroi circulaire du périnée, induisant aux tissus de se relâcher sous ses doigts... La petite tête chevelue était apparue, l'enfant aidé par la mère avait glissé et le périnée était intact.

Maintenant le bébé reposait en paix sur le ventre de sa mère, le père avait posé sur eux une couverture en laine polaire et s'était tendrement assis au bord du lit. Sarah attendait un peu à l'écart pour couper le cordon. Olinka s'avança discrètement vers son amie, elles n'échangèrent aucun mot conscientes de la plénitude de ce silence unique.

Le médecin arriva alors, il montait de La Grave. Sa voix autoritaire d'homme de « science » résonna comme un couperet, il dégagea l'enfant de la mère et jeta sur lui un regard de laboratoire ; la petite souris se rétracta et se mit à couiner... Les deux femmes n'avaient plus rien à faire là, elles quittèrent doucement la pièce et rentrèrent chez elles. Il était 5 h du matin, elles ne se recouchèrent pas.

Olinka prépara une tisane chaude. Devant les bocaux, elle hésita un instant et choisit la sauge. Sarah l'interpella :

— Demain, tu iras porter de l'alchemille à Déborah... La plante aide à tisser et restructurer l'espace intérieur de la mère laissé vide par le bébé ; elle devra en boire pendant trois jours.

Olinka vint s'asseoir en face d'elle, autour de cette table qui avait vu se tisser leur complicité.

— La mère donne vie à l'enfant... et l'enfant donne Vie à la mère, dit Sarah.

L'un naît et l'autre renaît... c'est une co-naissance. C'est aussi la voie de la Connaissance : vibrer avec, faire partie du tout, ressentir l'unité, l'unique direction. Toucher Dieu de très près.

Les deux femmes burent en silence ; quelques maisons plus loin, une femme s'était offerte au « Grand Savoir qui nous dépasse » et l'enfant goûtait enfin au repos du guerrier !

• • • • •

Pâques...

« Le regard du cœur voit au-delà du visage, il voit le visage de l'âme. » O. Clément

— Remporte-la, mon petit, je ne la mangerai pas.

Giovana avait la voix si douce qu'à son contact Olinka sentait son cœur se dilater et son âme s'apaiser. Elle s'assit à ses côtés :

— Vous n'allez pas bien Giovana ? Vous appréciez tant mes tartes d'habitude !

— On entre en carême mon petit, fit la voix, déjà habitée par la passion du Christ... Je chemine avec lui, tu le sais bien... toi.

— Oui, je le sais, rassura Olinka pensive – cette femme hors du temps vivait dans l'intime amitié de Jésus ; ils marchaient ensemble, main dans la main, trace dans trace, cœur dans cœur... Cette réflexion ne fut pas sans lui rappeler l'autre femme... rencontrée cet automne... dans la chapelle !

— Giovana, connais-tu Marie de Magdala ?

— L'amie du Christ, mon petit... toute entière donnée... elle a su le goûter... de la bouche, du cœur et des yeux de l'âme... Elle s'est laissée allumer du feu qui embrase pour toujours...

— Toi aussi tu as le feu ? demanda Olinka, avec ces yeux naïfs qui lui donnaient par moment l'air d'une jeune adolescente.

— Il me consume jour et nuit, je meurs et je renais en lui à chaque instant...

— Et Pâques ? fit la jeune femme.

— C'est mon plus beau rendez-vous avec Lui... chaque année... C'est toujours aussi douloureux... et toujours aussi beau... Les yeux de la vieille femme s'allumèrent alors d'une étrange couleur et des frissons parcoururent le corps d'Olinka.

Les deux femmes restèrent un moment sans se parler ; Giovana s'était retirée dans son cœur, Olinka était encore dans sa tête ; elle rompit le silence et demanda :

— Giovana, peux-tu me guider sur le chemin de Pâques ?

Quand elle avait répondu oui, Olinka avait senti une joie intense envahir son cœur, tel l'embrasement d'un feu !

La vieille femme lui rappela le chapelet et lui demanda de prier le matin au lever :

— Chaque perle sous ta main est une union avec la Vierge... et le chemin qui passe par Elle mène au Fils et au Père... C'est un chemin de roses, parfumées, vivifiantes... Le chapelet est plus qu'une prière, il est incantation, respiration de l'âme.

Puis elle avait demandé à Olinka de jeûner le vendredi :

— Le jeûne crée le vide... Il laisse de la place à Dieu, qui n'attend que cela pour se lover en nous !

Olinka crut entendre les paroles de Jean.

Portées par la ferveur de Giovana, Olinka et Sarah cheminaient vers Pâques. Le jeudi soir à la veillée, les deux femmes faisaient le pain et le mettaient à lever auprès de la cheminée. Sarah amenait sa bible et l'une ou l'autre lisait au hasard des Évangiles... Quelques fois, la lectrice s'arrêtait pour faire une remarque, un commentaire et la discussion allait bon train. Elles avaient institué ce rituel durant le carême, une façon de se rapprocher de la personne du Christ et de sa vie d'homme sur terre. Chaque vendredi de carême, Olinka portait un morceau de pain à la vieille Giovana et s'asseyait sur le tabouret, tout près de la femme. À la lueur de la petite lampe de chevet, elle relisait pour son amie les passages de la Bible qu'elle avait aimés ; elle réservait pour elle les questions de métaphysique les plus rudes et la vieille mettait l'évidence en lumière avec la simplicité des mots dictés par l'Esprit et forgés par le cœur. Olinka devenait de plus en plus légère, le jeûne donnait de la vitalité à son corps et de la vivacité à son esprit, la prière pénétrait son être et nourrissait son âme.

— Le Christ est le pain et la coupe... Il est toute ma nourriture, je puise tout en lui, il donne sans retenue, lui avait dit Giovana un jour où Olinka s'inquiétait de ne pas la voir manger.

Quand vint le jeudi saint, la vieille fit appeler Olinka :

— Tu vas faire une chose pour moi que je ne peux plus faire ; demain tu feras le chemin de croix... quatorze stations... choisis ton chemin... et arrête-toi autant de fois... jusqu'à la croix... Aide-le à porter notre croix... Il a besoin de nos prières... Allez, va !

La vieille femme était épuisée, sa voix était presque inaudible, sa main inerte reposait dans celle d'Olinka ; celle-ci eut peur et voulut rester auprès d'elle mais un éclair de reproche traversa les yeux de la vieille femme avec une telle virulence qu'elle se sentit tout aussitôt chassée de la maison !

La jeune femme se retrouva dehors, un peu hébétée. Elle n'était pas sûre d'avoir vraiment compris ce que Giovana attendait d'elle. Elle chercha où elle pouvait accomplir ce chemin ; elle pensa à la route des *Rivets*, celle qui s'enfonçait vers l'ouest, jusqu'au plus profond de la vallée, pour se terminer au pied de l'imposant pic *du Mas de la Grave*... Il y avait une croix tout en haut !... Non ! Pas avec la neige qu'il y a encore... trop loin, trop haut ! Ce n'est pas cela que lui demande Giovana. Et pourtant elle avait beau envisager d'autres itinéraires, d'autres chemins, le pic revenait sans cesse ! Elle avait même pensé au chemin de l'Est, celui qui la ramènerait chez elle, vers « sa » chapelle, mais quelque chose en elle lui disait que c'était trop tôt ! Elle choisit d'en référer à Sarah et celle-ci lui dit simplement :

— Le Christ meurt, le soleil se couche... Pourquoi doutes-tu ? Puis elle rajouta : Avant de renaître, ne faut-il pas mourir ?!

Cette nuit, Olinka dormit peu, chaque fois qu'elle plongeait dans le sommeil, elle se réveillait en sursaut, s'accrochant à des vires qui menaçaient de s'écrouler ou échappant de justesse à un éboulement de pierres, ses doigts sur le rocher n'étaient que plaies vives et des gémissements s'élevaient de la montagne comme autant de pleurs et de tristesses accumulées depuis le commencement des temps dans le ventre de la montagne. Olinka était en sueur, elle pensa à Giovana – dormait-elle ou était-elle souffrante ? Une angoisse, subitement, la tira de son lit.

La pendule sonnait deux heures du matin quand elle entra chez Giovana.

Le silence de la maison lui parut presque surnaturel, Olinka s'avança jusqu'au lit de la vieille femme. Elle fut saisie d'effroi en ne la voyant pas dans son lit ; instinctivement, elle dirigea son regard vers le fauteuil dans lequel elle était assise la journée, au côté de la Vierge, posée sur la table de chevet. Elle distingua une forme, Giovana tenait son chapelet entre ses doigts. Olinka s'agenouilla à ses pieds... tout doucement... Elle lui demanda ce qu'elle faisait là... à cette heure de la nuit... La vieille femme posa sur elle des yeux transparents, habités d'une extraordinaire compassion, Olinka y vit le regard du Christ !

Giovana glissa une main frêle dans celle rassurante et forte de la jeune femme, elle dit alors d'une voix si faible qu'Olinka s'approcha plus près pour recueillir le souffle de ses mots :

— Je savais que tu viendrais... Elle serra imperceptiblement la main qui la soutenait et dit encore :

— N'oublie pas... demain... marche... offre-lui ta peine et ta joie... tous les jours... donne-lui tout. Puis allumant une dernière fois la flamme de son regard, elle offrit à sa jeune protégée les mots simples qui lui venaient de l'Amour incommensurable qu'elle portait à son Dieu :

— Sois digne du Ciel, plus que de la terre... La vie n'est qu'un exil... Je retourne d'où je viens... Il m'attend.

Puis tournant lentement sa tête vers la jeune femme en pleurs, elle lui dit :

— Allez petite, tu sais bien que ce n'est pas la mort qui vient me chercher, c'est Lui qui me tend les bras, jamais je n'ai vu si bel amant ! Et Olinka vit la figure plissée se transmuer sous un sourire d'extase ; l'espace d'un souffle, elle crut discerner le visage d'une jeune fille... d'une beauté pure ! Olinka, éblouie, pensa que l'âme de Giovana venait de lui dévoiler son visage d'éternité.

• • • • •

Se tendre vers le sommet et s'accomplir en lui...

Le ciel s'assombrissait. La jeune femme craignait les orages en montagne et d'autant plus au sortir de l'hiver quand les neiges fondent et que la terre gorgée d'eau devient lourde et boueuse. Si l'éclair se mettait à frapper un flan de montagne, des avalanches de boue pouvaient dévaler les pentes instables. Par endroit, un bout de sentier était tombé au fond du ravin qu'il dominait, craquelé par le gel, détrempé par les pluies ; Olinka contournait le passage en passant par au-dessus.

Elle était partie au petit matin. Sarah avait pris sa relève auprès de Giovana. Les veilles de prières allaient durer trois jours, puis le corps serait enterré au petit cimetière qui jouxte l'église... le jour de Pâques ! Elle y rejoindrait son mari et ses fils

Olinka marchait sur les traces du Christ, elle était lourde de tristesse, lourde de douleur, lourde de fatigue. Pourquoi Giovana la chargeait-elle encore de cette peine ?

Des éclairs dans le ciel, l'orage éclatait. Olinka accéléra instinctivement la marche, elle avait déjà fait neuf stations qu'elle avait choisies au hasard du chemin : ici le parvis d'une chapelle, là une fontaine, ou encore une croix plantée sur un surplomb par une ancienne mission, un rocher particulier, le croisement de deux torrents... Bref, elle s'en remettait aux signes de la nature, s'asseyait ou s'agenouillait, sortait de sa poche le chapelet offert par Giovana et égrenait les prières comme la vieille lui avait appris à le faire. Elle ne pouvait contenir ses larmes et les mots se perdaient dans les sanglots.

Elle avait déroulé ainsi toute la longue et profonde vallée et approchait maintenant de la masse montagneuse qui lui barrait le chemin. Son périple horizontal se terminait là, elle devait maintenant commencer l'ascension...

Plus elle montait, plus elle se dépouillait ; encore quatre stations, sa charge devenait moins lourde et la fatigue s'estompait ! Olinka s'élevait. La tristesse du départ avait fait place à une sorte d'allégresse ; était-ce le bonheur de retrouver la montagne, la solitude et l'ivresse des hauteurs ou une nuée d'anges guidée par Giovana s'était-elle emparée de sa croix pour la déposer au sommet ?!

Peu importait, Olinka ne marchait plus, elle volait, un sourire angélique posé au coin des lèvres, elle retrouvait sa chère montagne et Giovana était vivante à ses côtés. Quatre arrêts sur le chemin, le visage et le corps offerts à l'immensité, un collier de roses au creux des mains et bientôt le sommet... Une croix était plantée là. Olinka s'assit au pied de la croix, son regard perdu dans l'infini du ciel...

— Giovana ! me voilà, clama-t-elle tout haut et elle se mit à danser de tout son corps, animée par une pulsion de vie phénoménale : ses pieds se mirent à scander la terre, précis dans leurs appuis ; son bassin se balançait, impulsant, par saccades, des ondulations au dos ; sa tête et ses bras se laissaient à leur tour animer par cette onde de vie.

Subitement, le ciel se couvrit, des nuages venant de partout semblaient s'être donné rendez-vous au-dessus de sa tête ! C'est alors qu'elle prit conscience de l'heure : il était quinze heures !

Olinka, debout, contempla la vallée effrayée ; un éclair zébra le ciel, elle n'avait plus peur.

• • • • •

Le temps de l'hibernation était terminé. De la Saint-Jean d'hiver à la Saint-Jean d'été il restait encore un bout du chemin à parcourir... Giovana avait choisi de partir avec le Christ, elle avait posé sa mort dans la sienne ; Olinka avait choisi de renaître avec lui, elle posait ses pas dans les siens et pour le moment, ceux-là la ramenaient chez elle...

La jeune femme avait fait ses adieux à ceux qui avaient partagé ce bout de vie avec elle.

— Le temps de la Pâques ouvre les portes de l'espérance. Le Christ est vivant, le soleil se lève, la lumière appelle à l'est, lui dit Sarah. Puis elle approuva sa décision de partir avec ces mots simples :

— C'est le moment.

Et Olinka comprit que plus qu'approuver son choix, elle reconnaissait surtout sa capacité à discerner le moment juste.

— Il y a des bouts de vie qui comptent plus que d'autres, lui avait fait remarquer Rémi quand elle était venue lui annoncer son départ.

Ils avaient partagé un dernier verre de genépi, Olinka avait raconté son chemin de croix, puis « l'ascension angélique » du pic.

— Sans l'espérance qui déchire le voile du temps et laisse la montagne apparaître, il n'y a que pesanteur, errance et non-sens, avait-il répondu.

La jeune femme, le cœur serré, avait pris congé de son ami, elle passa devant la maison close de Giovana et tournant le dos au village, elle marcha face au soleil levant.

Sa démarche puissante et élancée semblait vouloir la porter au-delà du monde.

• • • • •

Printemps...

Comme les arbres... savoir reverdir chaque printemps.

Olinka respirait sa solitude retrouvée. Elle reprenait ses marques et se préparait à accueillir le printemps.

Au bord du torrent, elle fermait les yeux et écoutait l'eau féconde et vive. Elle se laissait glisser dans ce courant de vie. L'eau qui est passée n'est plus, mais le torrent reste le même... Tout passe, rien ne change... Elle écoutait chanter le temps. Elle se faisait discrète, ne voulant pas perturber ce grand mouvement de la nature ; elle cherchait plutôt à se fondre en elle, glissant sur les gouttes d'eau ; ses gestes retrouvaient leur souplesse et leur précision. Elle se re-connectait avec une vie puissante et simple. Le vent qui soufflait était toujours chargé du froid des glaciers et la jeune femme ne quittait pas encore son anorak. Les quelques journées de soleil laissaient pourtant apparaître toute la force de l'astre ; la dernière neige se faisait molle au soleil. Le printemps dégoulinait des toits, il balbutiait une mélodie de cristal, timide encore, dans l'humilité de sa naissance. De multiples filets d'eau « gouttelaient » des tôles vieillies, l'eau des fontaines se mêlait à celle des ruelles et le ruissellement secret se frayait un passage, dévorant la neige en la marquant d'un sillon noir ; tout ici chantait l'alchimie d'une saison qui s'efface et laisse sa place. Olinka recevait ces signes de vie comme autant de cadeaux de bienvenue, comme si la nature toute entière fêtait son retour.

Elle découvrit au matin, qu'une grosse marmotte habitait le talus en face de chez elle ; elles s'adoptèrent comme voisines. Ensemble, elles sortaient de leur tanière pour se dorer au premier soleil ; ensemble, elles se mettaient à l'affût des moindres bruits ou changements subtils dans leur univers solitaire. Quand « Germaine » s'aventurait au-delà de son terrier, Olinka à son tour, laçait ses chaussures de montagne et partait explorer son territoire. La femme et l'animal allaient en se ressemblant, chacune côtoyant la solitude de l'autre sans jamais la dénaturer.

Des îlots d'herbe apparaissaient de-ci de-là, transformant le manteau blanc des champs en une robe inégalement tachetée. Le printemps, tel un amant attentionné, réveillait le désir de la terre, caressant délicatement le corps ensommeillée de sa compagne alanguie. La terre commençait sa grande purge de printemps et, de toute part, des irruptions de petits boutons blancs recouvraient sa peau neuve lui donnant un air de jeune vierge en puberté ; les petits crocus encore fidèles à l'hiver étaient blancs comme neige !

Olinka chemina dans ce labyrinthe printanier à la recherche d'un îlot suffisamment sec pour l'accueillir. Quand elle trouva son paradis, elle se laissa tomber dans l'herbe jaunie. La terre enfin la recevait ! Elle s'étendit sur le dos, abandonnant ses jambes, ses bras et sa nuque ; la femme et la terre se dévêtaient ensemble de leur manteau hivernal et s'offraient enfin à la douceur.

Il y avait des instants hors du temps où il lui semblait remonter le noyau éternel du monde. Ces instants de pure béatitude étaient le reflet d'un monde dont l'homme ne pouvait saisir que par vision fulgurante et éphémère, la pureté mystérieuse et l'origine Divine. Olinka voyait la beauté de l'Amour dans un brin d'herbe reverdi, un bourgeon de saule qui se déploie, un éclat de pierre au soleil ; elle apprenait à insérer sa vie dans la vie de l'univers, la soumettant au même dessein divin.

« Ce qui est simple sera toujours juste, car la simplicité est un joyau qui n'a pas de temps, elle appartient au noyau du monde. »... C'étaient les mots de Jean dans la bouche de Sarah... Et maintenant ces mots lui appartenaient.

Pour le moment, elle se déroulait, se déployait, sautant d'un rocher à l'autre, le long du torrent ; elle dansait plus qu'elle ne bougeait, elle évoluait entre terre et ciel.

— Et toi soleil ! qu'as-tu à me révéler aujourd'hui ? lançait-elle en interpellant l'astre de plein corps. Quelle facette de mon diamant veux-tu faire briller ?!

Elle virevolta comme un papillon, puis se mit à tourner sur elle-même jusqu'à s'écrouler dans l'herbe ; elle redécouvrait la petite fille, celle des jeux innocents, des vertiges de l'enfance, des cabrioles et des pirouettes, des sautillés et des chansonnettes.

Le vent soufflait, il était chaud, annonciateur d'une douceur pour bientôt.

Le vent là-haut, faisait valser les bouleaux.

Elle assistait à leur danse endiablée. Combat ou ébats... elle pensa que le vent n'était pas un amant docile ! Avec force sauvage, il s'appropriait sans demander.

— Sans audace, pas de danse ! se dit-elle et son ventre s'échauffa.

Chaque matin elle se levait tôt, attendait l'aube neuve, se préparait à la naissance du jour...

— Combien de fleurs vont éclore aujourd'hui ?!

• • • • •

L'ivresse des hauteurs...

Une vie immense, terrible, secouait maintenant le corps de la terre. Ses veines pulsaient à un rythme effrayant. L'orage était allé, mais l'eau vrombissait, surgissant et s'échappant par autant de plaies béantes. L'homme impuissant, assistait au fracas de la terre en émoi. Olinka remontait le torrent en furie ; elle ne le reconnaissait plus. La vallée toute entière était comme avalée par le tumulte de l'eau ; on n'entendait plus qu'elle, se fracassant sur le dos des rochers ; d'une échine de diplodocus à un cou de tyrannosaure. Olinka remontait le torrent, remontait le courant, remontait le temps ! Olinka n'avait plus d'âge. L'âge seulement du vent dans ses cheveux, des embruns sur son visage, des galets sous ses pieds ; elle avait des spirales dans les bras, de l'eau entre les doigts et son souffle devenait chant, soyeux ou puissant, lancé comme un cri de vie, comme un pont entre deux mondes, entre deux âges...

Elle approchait maintenant de la cascade et se préparait au spectacle... Elle sentait le souffle de l'eau sur sa peau, tel un frisson, telle une caresse... prometteuse !

Elle passa la faille entre les deux rochers et s'arrêta net, le souffle coupé... Elle était remontée à la source du temps... au commencement... à la source de l'énergie primordiale ! Elle s'agenouilla, pour s'assurer un équilibre plus sûr, pour faire corps avec la terre qui tremblait sous les assauts virils du torrent. L'énergie du printemps fouillait le ventre de la terre ! La jeune femme frissonna sous l'emprise d'un désir charnel...

Elle poussa sa marche plus haut, dans les méandres de la vallée glacière. Là-haut, la rivière mère sortait de la grande bouche du glacier en un flot d'écume tonitruant dans la pente entre les blocs de rochers épars. Ici, elle se dilatait, se démultipliant en de petites rivières, transparentes et douces. Le torrent viril et arrogant, devenait ici eau chantante, féminine et mélodieuse.

Comme un jeune poulain, la jeune femme se mit à courir, tourner, sauter d'un bras à l'autre de la rivière. Elle exprimait sa joie des pieds à la tête, rien ne pouvait plus retenir son exubérance – et d'ailleurs, pourquoi se serait-elle retenue ? – il n'y avait personne pour la désapprouver, la juger. Elle tambourinait le sol de ses pieds, frénétiquement, comme l'aurait fait un enfant jubilant de joie, s'éclaboussant de toute part. Entre les galets polis et les méandres que dessinait l'eau, sa course folle devenait galop rythmé ou petit trot. Ses cabrioles désordonnées soutenues par ses cris de guerre la poussaient toujours plus en avant ; en tête d'une troupe de guerriers mongols, elle s'enfonçait vers le fond de la vallée, rien ne pouvait lui résister en ce jour.

Elle s'arrêta soudain, un joli museau lui faisait face. La petite hermine à moitié cachée par le talus semblait fascinée par l'exubérance de la jeune femme. Subitement, elle sortit de son repère, s'approcha de la femme en deux ou trois petits bonds et s'éclipsa tout aussi rapidement. Olinka allait reprendre sa marche quand deux petits museaux rieurs se dressèrent derrière le talus ! La coquine était allée chercher une copine ! Ensemble, elles vinrent sautiller autour de leur drôle d'amie puis disparurent à nouveau... et la chanson continue :

Trois p'tites hermines
aimant danser, tourner, jouer
s'en vont chercher une copine
pour présenter leur invitée

Quatre p'tites hermines
aimant jouer, sauter, danser
s'en vont chercher une copine
pour présenter leur invitée

Cinq p'tites hermines...

entourèrent la promeneuse enchantée qui se sentait géante dans ce ballet de petits rats. Elle rêva d'être lutin pour danser jusqu'au matin avec les petites bêtes qui lui faisaient le fête. Mais l'enchantement cessa et les danseuses quittèrent la scène. Olinka attendit un moment, mais il n'y eut pas de reprise ; la danse était terminée, à chacun son intimité.

Olinka, légère, reprit le chemin.

• • • • •

« On ne vit véritablement que lorsque l'on danse. »
I. Duncan

Cette nuit-là, la femme du vitrail.... celle de la chapelle... vint la visiter dans ses rêves ; dansant sur les crêtes, entre terre et ciel, se fondant aux volutes des nuages ou encore marchant en tête d'une procession, se détachant dans sa robe rouge, les cheveux au vent et le sourire au cœur, comme portée par une main invisible, d'une puissance hors du commun...

Olinka se réveilla au matin dans un état d'apaisement profond, de luminosité intérieure ; elle laissa sa journée la porter, se laissant agir en toute confiance, chaque instant se déposait en elle avec justesse, chassant toute angoisse de vide et besoin d'anticiper sur l'instant suivant.

C'est ainsi qu'elle prit en fin d'après-midi, le chemin de la chapelle.

À son approche, Olinka ressentit une étrange présence, ou plutôt une force d'attraction puissante. Elle poussa la lourde porte et se glissa à l'intérieur. Tout était là, rien n'avait bougé. Elle était de retour chez elle. Elle pleura, doucement, des larmes de gratitude, de bonheur pur. Elle rendit grâce.

La femme à la chevelure dorée l'attendait. Olinka lui fit face et dans la joie de ces retrouvailles, elle se mit à danser. Telle une onde dans l'eau, elle laissa son corps s'animer de l'intérieur avec beaucoup de lenteur et de douceur : ses bras s'ouvrirent, entraînant son buste, puis son bassin, Olinka était algue au fond de l'océan. Quand les ondes du mouvement la ramenèrent sur son axe, Olinka s'y posa ; la femme du vitrail lui faisait face à nouveau et Olinka crut discerner une nouvelle expression dans sa posture... Avait-elle dansé, elle aussi ?!

Étrangement, elle se mit à penser à Giovana ; sa présence ici était évidente. Elle sortit naturellement le chapelet de sa poche et se mit à l'égrener. L'incantation agissait sur son cœur, semblant le délier, le déployer. Il s'ouvrait et laissait s'approcher de lui la présence d'Amour du Christ ; elle crut même croiser son regard, si puissant, si enveloppant, si totalement bon que des larmes, encore, s'écoulèrent, tel un trop plein dans une coupe encore trop petite !

Le Christ vivait à travers Marie-Madeleine, elle était son image et sa ressemblance ; le pôle féminin de lui-même, devenu Un par l'abandon et le don total d'elle-même.

Giovana aussi avait retourné son cœur et l'avait déposé dans celui du Christ. Et combien de femmes encore avaient suivi l'exemple de la « pécheresse »... de « celle qui ne se laissait pas toucher au centre » ?! Et elle, Olinka ? Que devait-elle encore abandonner d'elle-même pour rejoindre ces femmes, pour rejoindre son centre ?! Quelle était la nature de son propre chemin ? Elle était déjà en route, mais le but restait opaque. Giovana s'était consacrée au ciel, Rémi à la terre, Sarah à l'Homme, et elle... ! Où l'attendait sa destinée ? Il était encore trop tôt pour y répondre.

Elle se rappela soudain l'homme ; la silhouette esquissée dans le contre-jour de la porte. Elle se remémora la haute stature, et la voix surtout : grave, profonde... Un frisson la parcourut... À cet instant, elle sut qu'elle le reverrait.

• • • • •

Sarah avait su respecter le temps de solitude nécessaire à sa jeune amie pour retrouver ses marques ; Olinka lui en était reconnaissante et elle l'avait accueillie ce matin-là avec la joie d'un jeune chiot retrouvant son maître !

Elles se promenèrent sur le chemin qui reliait les hameaux, au rythme du printemps nouveau. L'important réseau de tiges souterraines tentait ses premières sorties vers la lumière. C'était comme si après avoir emmagasiné la ration de froid nécessaire à son cycle de mort-renaissance, il pouvait à nouveau répondre aux invitations du soleil qui lui susurrait à l'oreille quelques tentations secrètes !

La marée végétale répondait au soleil comme la marée océane répondait à la lune...

— Observe la nature dans le printemps qui la fait renaître, tu verras les bourgeons se former et se déployer en spirales. Si tu descends vers le ruisseau, tu trouveras les fougères et tu comprendras l'appel de la verticalité, c'est une force phénoménale qui agit sur le vivant ; cette même force nous accompagne depuis notre venue au monde. La fatigue, le désespoir, le doute et le manque de force nous courbent ; l'espoir, le courage, la vertu, la grandeur nous redresse. La fougère est avec la prêle, une des plus vieilles plantes du monde qui soit encore présente à notre époque ! C'est peut-être pour cela que son majestueux déploiement me touche plus encore. Je vois dans son déroulement délicat, l'histoire de l'homme et de l'humanité toute entière, appelée à assumer sa verticalité et à se tendre vers la lumière ! Tout comme un dos que l'on déroule, vertèbre après vertèbre, pour le placer sur son axe. La tête arrive en dernier, presque surprise de se retrouver aussi naturellement au sommet de l'arbre ! Elle s'ouvre comme une fleur qui assume sa place avec grâce, exhalant son parfum subtil sur le monde.

Le printemps est la saison du devenir, chaque année notre verdeur est renouvelée. Je me sens comme une jeune pousse, tendre et confiante, le regard neuf comme un enfant.

Olinka admirait son visage sans âge, qui savait capter tous les reflets subtils de la lumière.

— Laisse-toi saisir par l'ardeur printanière et apprête-toi à bondir tel un agneau tout nouvellement sorti de l'étable !

Olinka regardait le corps leste de son amie exprimer toute la vitalité de ses propos ; cette femme accueillait le printemps de tout son corps et de toute son âme ; elle était parfums et couleurs de fleurs !

— Accueillir le printemps, c'est aussi cueillir ses simples ! Je reviendrai bientôt, laissons la terre travailler là-dessous – elle montrait les plaques de neige qui résistaient encore, menant leur dernier combat.

— Après la torpeur de l'hiver, les plantes de printemps qui sont en train de se réveiller, ont aussi ce pouvoir d'éveiller nos organes endormis et alourdis.

Plus bas, les talus dépouillés de la neige s'étendaient au soleil.

— Regarde, fit Sarah enthousiaste, les tussilages sont déjà là !

— On les ramasse ? s'enquit Olinka.

— On peut commencer et tu continueras plus tard, proposa la femme.

— À quoi servent-ils ? s'informa Olinka en ramassant les petites fleurs jaunes à la tige épaisse et grasse.

— Le tussilage adoucit les dernières toux d'hiver. J'ai toujours vu mon père cueillir le tussilage et je crois bien que bon nombre de mères de famille en faisaient autant ici ! Elles ramassaient les fleurs, puis les feuilles, un mois après, quand les fleurs s'étaient transformées en duveteuses boules blanches.

— Et que faisaient-elles avec le tussilage ?

— Elles en faisaient un précieux sirop d'hiver pour la toux. Quant aux feuilles fraîches, elles étaient coupées en fines lamelles et rejoignaient les salades, elles contiennent une véritable réserve de vitamine C.

— Les femmes étaient de véritables fourmis, travailleuses et prévoyantes !

— Tout ce qu'elles savaient, elles l'appliquaient et tout ce qui ne servait pas ne les intéressait pas ; jamais elles ne se seraient laissées encombrer par des savoirs morts et inopérationnels !

• • • • •

« Savoir tirer le miel des pierres et l'huile des rochers les plus durs... » Saint Bernard

Olinka s'était munie de gants, d'une serpette, et deux jours durant elle avait arraché les herbes envahissantes tout autour de la chapelle et déraciné celles qui s'infiltraient à l'intérieur entre les lauzes du sol. Elle était revenue ensuite avec une brosse en fer pour nettoyer les pierres recouvertes de mousse ; puis avec la panoplie de la parfaite ménagère, elle avait balayé, chassé les araignées, fait la poussière des niches, aucun recoin ne lui avait échappé. Maintenant, elle se tenait là, dans l'encadrement de la porte à évaluer le fruit du travail accompli et elle respirait avec délices cette ambiance proprette qui servait si bien la paix du lieu. Un coup d'œil complice à Marie de Magdala lui assura la bénédiction de la sainte et Olinka se sentit pleine d'allant.

Pourtant, les nuits qui suivirent ce grand ménage s'avérèrent tourmentées, Olinka ne comprenait pas ses rêves agités : des orages, des toits qui volaient, des murs qui se fissuraient... Elle décida de retourner à la chapelle. La bâtisse l'attendait, elle avait quelque chose à lui révéler, Olinka le sentit tout de suite. À l'inverse de ses habitudes, elle n'entra pas dans la chapelle mais la contourna et s'assit sur un talus, juste au-dessus. De là, elle vit ce qu'elle n'avait pas voulu voir jusqu'à présent : la faille énorme dans le mur de derrière et l'impressionnante concavité du toit !...

Depuis plusieurs jours, Olinka passait ses journées dans le lit du torrent à choisir des pierres, à les entasser puis à les transporter dans sa brouette vers le « camp de base ».

Elle avait décidé de retaper la chapelle et s'engageait dans cette tâche avec la conviction joyeuse de celle qui a le sentiment de faire ce qu'elle doit faire. Mais au bout d'une semaine de ce travail harassant, les mains rougies par le froid, lacérées par les pierres, elle dut avouer son abattement.

— Je n'en peux plus ! Je n'y arriverai jamais ! gémit-elle quand Sarah vint la voir.

— Rien ne saurait inspirer des désirs irréalisables, lui dit-elle. Puis elle rajouta complice : si tu te sens trop petite pour passer au-dessus de tes difficultés, passe au-dessous !... Et sur ce, elle tourna les talons, laissant une fois de plus sa jeune protégée perplexe. Que voulait dire Sarah ?

La jeune femme entra dans la chapelle et se laissa choir sur l'unique banc.

Depuis combien de temps ne s'était-elle pas assise vraiment ?!

• • • • •

— En t'appuyant sur tes propres forces, tu as amassé beaucoup de pierres, mais tu t'es aussi endurcie comme elles. On ne peut aller très loin et très longtemps comme cela, on se fissure, comme les vieux murs que l'on croit rebâtir !

Rémi lui parlait avec douceur. Il comprenait.

— Que dois-je faire, alors ?

— Tu t'assois, tu respires et tu bois un coup, tiens... Il lui tendit le petit verre de genépi qu'elle connaissait bien.

— Face à la difficulté et après plusieurs tentatives, si tu crois ne pas t'en sortir, alors tu t'arrêtes, tu te calmes, tu manges un morceau et ensuite tu peux reprendre ton chemin tranquillement, comme si tu avais toute ta vie pour gravir la montagne. Le chemin te paraîtra bien plus aisé, comme si tu l'avais adouci, apprivoisé. On n'entre pas en force dans la vie des autres, on prend le temps... Et bien là, c'est pareil, quand le calme est en toi, quand les peurs tombent, alors les barrières tombent à leur tour et les portes s'ouvrent...

— Qui t'as appris cela, Rémi ?

— C'est la montagne qui apprend... Seulement la montagne !

Ils burent lentement et en silence la liqueur trop forte. Puis l'homme se leva et sortit ; quand il revint, il tenait à la main un fagot de petites branches. Il s'assit de nouveau à la table et tendit une branche à la jeune femme :

— Tiens, casse-la en deux morceaux.

Olinka prit la branche et la cassa aisément.

— Maintenant, fais la même chose avec ce petit fagot.

Olinka saisit le fagot de petit bois fin et ne parvint qu'à le tordre !

— L'union fait la force ! fit-elle en un sourire.

— Quand un pays ne fait pas de cadeau, la solidarité est nécessaire. Ce qu'un homme seul ne peut faire, dix hommes soudés et organisés peuvent le faire.

— Que dois-je faire ? demanda-t-elle encore une fois, d'une voix faible.

— Si la tâche est trop lourde pour toi seule, fais-toi aider ! lui dit-il avec évidence.

— Mais par qui ?! objecta-t-elle, énervée, espérant une autre réponse.

— As-tu déjà envisagé que tu n'étais peut-être pas la seule à t'intéresser à cette chapelle ?

Et à nouveau, la silhouette de l'homme lui apparut ! Rémi le connaissait-il ?

Elle resta seule avec sa question, Rémi s'était volatilisé !

• • • • •

Le lourd est la racine du léger...

Depuis plusieurs jours, Olinka errait sans but. Elle n'avait pas remis les pieds dans la chapelle, n'était pas retournée au torrent ; les pierres restaient entassées sur le chemin ; elle pouvait même les voir là-bas, de l'autre côté du pont.

C'est en marchant en direction du lac qu'elle repensa à lui. Elle fut tout d'abord étonnée de l'avoir si vite oublié, l'hiver était passé, enfouissant l'automne et ses souvenirs, la nuit d'orage et ses confidences. Qu'était devenu l'ami d'enfance en errance ? Avait-il pris le bateau de la délivrance ? Vers quels vertiges, vers quel rivages ? Vers quels oublis, vers quels mirages ? Il ne lui avait pas écrit. Attendait-elle une lettre ? Et aujourd'hui, qu'attendait-elle ? Trop de confusions. Olinka décida d'accélérer le rythme de sa marche. Bientôt, seul le rythme de son cœur et la pulsation de son sang dans ses veines se firent entendre et elle en éprouva un vif soulagement.

Sans y prêter attention, elle avait dépassé le lac et s'était enfoncée dans la vallée glacière. Elle ralentit subitement, sortie de sa transe par une subtile transformation dans l'air... L'atmosphère avait changé mais elle ne pouvait pas dire en quoi. L'air qu'elle respirait était différent et celui qu'elle touchait aussi ! Elle avança plus lentement, tous sens en éveil à l'affût d'indices. Soudain, il surgit ! La muraille de glace se dressa devant elle, provocante, semblant demander des comptes au visiteur inopportun !

Le glacier la tenait en respect, elle ne pouvait plus bouger. La force vibratoire se dégageant de cette masse défiait toute volonté. Olinka se sentit subitement si petite, si fragile, si rien du tout qu'elle faillit défaillir. Un monde antédiluvien, d'eau, de pierres et de glace, coulait à ses pieds, il ne tenait qu'à un fil qu'elle le rejoigne...

« Entreprends gaiement et sans crainte les voyages incertains... Tu ne tomberas jamais plus bas que la main de Dieu ! » Sainte Thérèse de Lisieux parlait à son cœur... Olinka respira promptement, s'emplissant de la profondeur du glacier sans s'y perdre... si petite, si fragile et si heureuse d'aimer enfin, son impuissance ! Le lourd n'est-il pas la racine du léger !

Légère comme un alouette, elle dévala la pente en coupant tous les virages.

• • • • •

« La terre chemin du ciel... » Fabrice Hadjadj

Il était très tôt encore quand ils frappèrent à sa porte. Olinka était debout, éveillée par les sonnailles qui se faisaient de plus en plus proches. Rémi était avec eux, il participait chaque année à la transhumance qui menait les bêtes en altitude. À cette occasion, il retrouvait toute la vigueur du printemps dans ses veines et Olinka allait assister émerveillée à la floraison printanière de son vieil ami.

Elle n'hésita pas une seconde, se chaussa rapidement, enfila une veste et se trouva aussitôt enveloppée et entraînée par la vague moutonneuse !

Olinka était envoûtée par ce kaléidoscope aux mouvements incessants qu'elle essayait tant bien que mal de canaliser en imitant les gestes et attitudes des autres bergers. La jeune femme éprouvait une joie profonde d'être là. Rémi ne l'avait pas oubliée. Il était homme de valeur et non de charité, elle savait qu'il n'était pas venu à elle avec un quelconque sentiment de devoir. Il lui avait donné sa confiance et maintenant, il la mettait à l'épreuve... Son attention fut alors, toute entière captée par le vieil homme, véritable phare dans l'océan d'écume ! À ce moment précis, elle sentit la véritable nature de Rémi se dévoiler, tel le bulbe endormi sous la terre, attendant le printemps pour s'épanouir enfin et distribuer avec générosité et désinvolture toute la finesse de son parfum.

Cet homme régnait sur le monde minéral et végétal ; il était un chêne sans âge qui portait en lui les mémoires du monde. Sa verticalité, son enracinement, son équilibre auraient pu faire vaciller tous les hommes respectables que la société était capable d'engendrer. La sève du temps n'avait pas de prise sur lui, il se dressait, robuste et fier, sombre et lumineux. Sa silhouette affirmait que l'humilité était avant toute chose, une fierté bien assumée. Cet homme-là occupait sa place, toute sa place, rien que sa place !

Olinka, fascinée, l'observait mener le troupeau.

Elle ne savait pas encore, que durant deux semaines, elle partagerait sa vie, là-haut dans la grande vallée du Goléon !

Cela s'était décidé rapidement. Un convoi arrivant du sud... de l'effectif manquant... des nouveaux contacts à prendre... une table ronde sur la transhumance lors d'un festival dans la Drôme... des chevaux à remonter... Olinka n'avait pas bien compris, mais les trois fils de Rémi seraient absents au même moment !

Probablement l'avaient-ils jugée apte, car en fin de journée ils s'étaient tournés vers elle, et elle avait accepté spontanément.

C'est ainsi que depuis six jours déjà, Olinka suivait « l'homme qui incarnait l'esprit de la montagne » – c'est comme cela qu'elle aimait se représenter le Rémi des hauts plateaux. L'homme avait soif de vérité autant que de liberté ; auprès de lui, elle ne pouvait que monter !

Curieusement, le temps semblait toujours se débrouiller pour accomplir ce qu'il devait accomplir, Olinka savait maintenant cela. Ce que la petite fille de 8 ans n'avait pas eu l'occasion de vivre et de comprendre auprès du berger de son enfance, un autre homme, des années plus tard, se chargeait de le lui enseigner.

— Tout le monde ne peut pas recevoir, il faut être dans un certain état d'esprit pour recevoir ; on ne sème pas n'importe comment, n'importe quand et n'importe où, lui avait-il dit en lui plantant son regard d'azur dans les yeux. Si la graine tombe dans un endroit pierreux, elle ne va pas germer, ou alors, elle va lever aussitôt car la terre y est peu profonde et le soleil la brûlera et la séchera faute de racines ! Le vrai savoir ne peut pousser qu'en pleine terre, enraciné dans notre chair, dans nos os ; il implique intériorité, patience, constance, ombre et silence. Il se cultive, il s'entretient ; il demande soin et attention. Tout le monde n'est pas disposé à cette vigilance constante... Tout le monde n'est pas un bon jardinier pour lui-même !

• • • • •

— Tu sais, je ne connais pas grand chose finalement ; rien d'autres que ces pâturages tout autour, ces villages là-bas à nos pieds et cette grande dame au manteau blanc qui règne sur ce pays. Je ne fais pas de bruit, j'oublie le monde et le monde m'oublie... J'aime ma place, ici je suis plus près du ciel que de l'agitation du monde... Je veille, je guette. C'est mon métier après tout !

— Quand tu parles du ciel, tu parles de Dieu ? questionna Olinka que cette conversation ramenait des années en arrière.

— Ma religion est une religion de la terre, elle est simple comme ma vie. La nature révèle la beauté de Dieu. Je le vois dans chacune de ses créations. Je le respire dans la fraîcheur de l'air qui me cueille dès le matin et m'accompagne jusqu'au soir. J'entends Dieu dans le chant des oiseaux et je le vois dans le regard des brebis. Dieu chemine à mes côtés, pourquoi aurais-je besoin d'églises ?! C'est ça mon église à moi... et il montrait le ciel, le vaste plateau et les moutons qui paissaient en toute tranquillité. Ne t'es-tu jamais demandé pourquoi les bergers ont été les premiers à recevoir la révélation de l'enfant né ? C'est parce qu'ils n'étaient pas coupés de Dieu, ils vivaient en Lui.

Puis il rajouta :

— Les hommes qui connaissent la nature connaissent Dieu et ces hommes-là se reconnaissent entre eux ; ils ont cela en commun : par le ciel et ses étoiles ils hument le même air, le même souffle discret. C'est ainsi que le fils de l'Homme s'est annoncé, en même temps, aux grands sages et aux simples bergers !

Il aimait ce pays terrible qui était le sien, d'un amour massif, absolu.

Et s'il ne parlait jamais de liberté, c'est qu'il se contentait de la prendre ! Pourtant, la vie d'alpage n'était que répétitions de gestes, toujours les mêmes, aux mêmes heures...

— Ce sont les bêtes qui veulent ça, expliquait Rémi, et puis la nature bien sûr tu ne changes pas à volonté le lever et le coucher du soleil ! La terre donne des leçons d'ordre et d'équilibre. C'est là-dessus que se forge notre liberté. La routine endort, la répétition libère ; elle met de l'ordre et du silence dans le mental ; et le silence est la respiration de l'âme.

Pour l'heure, il dormait de tout son poids, tel un sac de sable répandu sur le sol, il semblait coller à la terre, faisant partie intégrante d'elle-même ! Pourtant il sentit sa présence et émergea de son sommeil, probablement aussi instantanément qu'il y avait plongé, avec cet air tranquille qui le caractérisait quel que soit le moment. Il se leva d'un coup et un bloc de forces rassemblées se dressa devant elle.

— Sais-tu que l'oisiveté exige autant de vertus que le travail ? La sieste est un art réservé aux sages, fit-il à la jeune femme en souriant avec espièglerie. Il y faut le goût de la méditation et du rêve !

Puis il rajouta, plus sérieux : il y faut surtout la sérénité de l'esprit...

Olinka comprenait, elle avait partagé la vie des « hommes d'en-bas » ! Ils ne savaient plus s'arrêter... Ils avaient peur de vieillir, peur de dormir, peur de mourir... Ils s'agitaient en trichant chaque jour un peu plus avec eux-mêmes. C'est la nuit surtout que le mensonge était gros, quand tout ce petit monde s'apprêtait pour la grande parade, la grande mascarade, au cœur des lumières artificielles et des rencontres éphémères. Ils se croyaient alors, le temps d'un leurre de plus, en éternelle jeunesse !

— C'est à l'aube que tu t'approcheras de la vérité. L'aube abat les masques. Elle t'attend au saut du lit, nue et sans tricheries !

Rémi semblait lire dans ses pensées ; il récita :

« L'aube propulse vers l'avant,
elle engendre l'action.
Chaque matin est une naissance,
chaque jour une création. »

Puis il conclut par une évidence qui ouvrit en la jeune femme un espace vaste et intime :

— Ceux qui dorment ne voient pas l'aube.

Ils marchèrent côte à côte en direction de la bergerie, Rémi y récupéra son bâton et Olinka noua un foulard sur sa tête – c'est ce qu'elle avait trouvé de plus pratique pour, à la fois, la protéger du soleil et canaliser sa chevelure sauvage.

— Beaucoup s'agitent à la surface de la planète qui sont cependant des âmes mortes, beaucoup, enfouis au cœur de la terre reposent et sont vivants ! murmura l'homme dans l'ombre de la maison. Puis ils sortirent à nouveau et le soleil les obligea à cligner des yeux tant le contraste de lumière était fort.

— Ce sont eux qui me portent, dit encore Rémi, regarde ce chemin, ils l'ont marqué de leur sueur, mes pieds sentent leur labeur... Puis se tournant vers Olinka en marquant une pause, il dit :

— Ceux-là m'accompagnent et me guident, je ne passe pas un jour sans eux ! Ils savent se pencher sur mon épaule, encourager mes élans, pardonner mes petitesses... Il faut oser faire appel à eux quand on doute, quand on veut renoncer... Puis il ajouta :

— J'aime mon pays autant que mes ancêtres l'ont aimé, c'est mon héritage.

— N'as-tu jamais eu de regrets... connaître autre chose... j'sais pas ?...

— Tu sais petite, répondait-il, le regard perdu dans l'infini du paysage : plus on est de quelque part, plus on est universel !

Ils s'engagèrent dans la pente à la rencontre des moutons qui paissaient plus haut. Le silence tomba alors sur les mots et le souffle reprit le service des corps. Olinka marchait derrière, elle adaptait son rythme à celui de son ami, elle était là pour le seconder et non pour le dépasser ! Chacun à sa place, chaque chose en son temps !

Le rythme plus lent donné par Rémi, la présence de l'homme devant elle, volontairement laissé en figure de proue, elle se sentait à la fois protégée et tirée vers l'avant avec une infinie douceur.

Quand Rémi obliqua sur la droite pour ramener dans le rang quelques moutons solitaires, elle le laissa aller, attendant que la vague blanche et laineuse s'éloigne puis s'étendit dans l'herbe grasse, les bras en croix, le regard perdu dans le vaste ciel, sans pensées, vide, limpide tel un miroir reflétant le bleu du ciel et seulement le bleu du ciel.

Puis vint bientôt le murmure de la terre... Son dos, probablement enfoui plus profondément dans l'herbe se mit à frissonner et peut-être même à vibrer, comme s'il se mettait en état de réceptivité accrue. Olinka ferma les yeux, se détacha du ciel et plongea dans la mémoire de la terre. Il lui sembla alors qu'elle ravivait le lien entre le passé et le présent, les absents devenaient présences. Elle reconnaissait le pas lourd des hommes au dos voûté, au visage buriné et craquelé ; celui des femmes aux jambes enflées, les traits tirés, les lèvres pincées ; celui des enfants aussi, plus léger, aéré pour si peu de temps encore, par l'insouciance, le jeu et le rire. Puis vint le va-et-vient du râteau, les lourdes bottes de foin écrasant l'herbe sous leur passage... Olinka sentait vivre la terre. Ces hommes, ces femmes, ces enfants lui racontaient la vie, celle qui avait été, celle qui est, celle qui sera... Olinka n'était pas seule, elle ne le serait jamais... En cet instant, elle eut le sentiment de ne plus craindre la mort.

Elle resta encore un moment allongée dans cette position, les bras en croix, s'offrant à la mort, s'offrant à la vie avec une joie intense ; des larmes coulaient dans ses oreilles ! Quand elle se releva, la Meije en face d'elle l'attendait, elle crut même déceler en elle un regard complice.

Olinka entreprit de rejoindre Rémi qui était posté un peu plus loin, planté sur ses trois pieds, le regard au loin. Il vint à l'esprit d'Olinka que si ce pays avait si peu d'arbres, c'est parce que les hommes les remplaçaient !

L'homme ne la regarda pas, ne bougea pas et dit :

— La terre, nous ne l'héritons pas seulement de nos parents, nous l'empruntons aussi à nos enfants...

En si peu de mots, il avait tout dit : le devoir de mémoire qu'elle venait de ressentir, le respect qui en découle, la nécessité de voir loin, loin derrière et loin devant, et enfin, de s'insérer dans ce lignage en pleine conscience de nos actes.

Ne buvaient-ils pas aux mêmes fontaines !

— Dans ce pays d'altitude, la vie de nos ancêtres se résumait en un éternel combat entre l'homme et les éléments, reprit Rémi ; les hivers interminables, les crues de printemps, les gelées tardives, les étés torrides et bien trop courts... Tous les éléments se liguaient contre l'homme comme pour l'arracher à lui-même ! La vie se résumait en deux temps ; celui de l'hibernation sous la neige : trop long, trop froid et celui du travail des champs : trop court, trop éreintant !

— Les gens étaient-ils solidaires entre eux ?

— Au sein des familles il fallait se serrer les coudes si l'on voulait manger à sa faim ; si le travail n'était pas fait, personne ne le faisait à votre place, les fainéants étaient bannis et il n'y avait pas de bureaucratie pour pleurnicher et revendiquer quelques aides pour travailleurs au long poil ! Au sein des villages, par contre, il y avait bien souvent des querelles de clocher, de clôtures et de bouts de terre qui traînaient depuis des générations. Certaines familles se haïssaient de père en fils et le plus souvent elles en avaient même oublié la cause !

— La tête oublie, mais la rancune reste imprégnée dans les cellules, et le sang se rappelle ! fit Olinka, comme si elle-même avait déjà ressenti ces traces de haines viscérales plus ou moins inconscientes. Elle se rappelait les jeux d'enfants, les clans adverses, les cousins alliés et les cousins ennemis... Pourquoi ? Comment les enfants étaient-ils au courant des vieilles rancunes datant de plusieurs générations et dont le conflit déclencheur était depuis longtemps enterré dans le cimetière, perdu et dissous par l'ombre du temps qui efface ! Et pourtant, il semblait que les mémoires trouvent toujours d'autres véhicules pour perdurer... la petite boîte noire de chacun, où se réfugient les secrets, les douleurs, les tromperies, les dettes qui ne doivent pas être oubliées et attendent que justice ou pardon soit enfin donnés !

— Les patriarches faisaient les lois, n'est-ce pas ? questionna Olinka sortant brutalement de sa réflexion.

— Le grand-père, puis le père était le noyau central ; il matérialisait l'axe et indiquait la direction. Ce pays a forgé bien des patriarches et leur charisme hante encore les mémoires ! Ton grand-père était l'un d'eux.

— Parle-moi de lui.

— Il fait partie des hommes qui marquent leur passage ; ceux-là laissent derrière eux un parfum de fierté et de liberté... Ton grand-père était de ceux-là ; il était de ceux qui inventent la vie... Aujourd'hui, ces hommes se font rares !

— Mais toi, tu es encore là ! protesta la jeune femme.

— Il faut bien ! répondit-il sans façon, qui tiendrait le pays autrement ?!

Ils rirent de bon cœur.

Olinka étendit son regard et sa pensée au-delà des pâturages, au-delà des montagnes... Elle dit :

— Il m'a laissé un patrimoine de pierres et de terres... C'est immuable.

— Il t'a laissé plus que ça, fit Rémi, un patrimoine de l'esprit...

— J'ai perdu tellement de temps !

— Tu as suivi ton chemin et il te ramène ici... Ton père est parti, toi tu reviens... Peu importe le chemin, l'essentiel est la direction !

— En me rapprochant de moi-même, je me rapproche de lui.

— Les branches sont différentes, mais le tronc est commun... En plaçant ton esprit dans le tronc, tu pourras comprendre toutes les branches !

— Quand nos ancêtres se sont unis pour rendre ces terres cultivables, ils savaient qu'ils ne bénéficieraient pas eux-mêmes des fruits de leur travail mais cela ne les a pas empêchés d'œuvrer toute leur vie à une cause qui s'inscrit dans un temps qui n'est plus le leur, fit remarquer la jeune femme.

— Ils ne se plaçaient pas au centre de leur existence, ils se savaient périssables alors que nous nous croyons immortels ! Ce qui comptait, c'est ce qui restait derrière eux, des cathédrales ou des maisons solides, c'est la même chose ! Des terres cultivables et des enfants pour prendre la relève...

— C'est simple.

— Oui, la vie est beaucoup plus simple que ce que l'on nous fait croire. Mais qui croit aujourd'hui à la simplicité ? Même nos cœurs ne savent plus la reconnaître !

Et un vent de tristesse souffla sur eux...

— Qu'avons-nous fait du sacrifice de leurs vies ? reprit Olinka après un long silence.

— Il n'y a pas de sacrifices inutiles, chacun porte en lui sa récompense... Puis après un temps de pause, il reprit : Ici il reste des choses, la pierre sait la sueur de l'homme, la vérité est dans la pierre, c'est pour cela que tu es venue et c'est pour cela que je suis resté. Mais la plupart des gens ici ne connaissent que l'aridité de la pierre, la valeur de l'homme a disparu avec la valeur du pain ! À trop côtoyer la pierre, on finit par lui ressembler ! Ni l'œil, ni le cœur ne se laissent plus toucher par la beauté ; pour goûter au nectar de la pierre, il faut un regard neuf, nettoyé...

— Comme Sarah, comme Jean... Comme toi.

— Et comme toi, petite ! fit-il ému et il se retourna pour ne pas montrer son émotion.

Un vent de tendresse s'immisça entre eux.

Le passé rattrapait le présent ! La petite fille ou la femme... Jean ou Rémi... il n'y avait pas de différence, le temps n'était qu'entrelacs et recommencements !

• • • • •

Souvent, quand le soleil était bon pour eux, ils restaient assis côte à côte sans parler. Le silence qui les enveloppait alors, était comme un murmure de complicité. Ainsi ils s'offraient au silence, au silence bienheureux, celui du sage et du petit enfant, de ceux qui n'ont plus rien à compter, rien à demander, rien à regretter. Ils s'offraient au silence, celui des grands fonds qui vibrent d'éternité.

Ces silences-là, on a peur de les briser, comme de briser le filtre du charme.

Ces silences-là, quand on les a connus, on ne vit que pour les retrouver...

D'un geste sobre et discret, Rémi indiquait le vol d'un aigle royal, les va-et-vient d'une bergeronnette alimentant probablement une nichée cachée quelque part, le jeu du vent dans les herbes ; puis il se levait pour ausculter la patte d'une brebis dont la légère boiterie ne lui avait pas échappé... Ses oreilles comme son cœur étaient toutes ouvertes aux appels discrets de la nature.

Quand Olinka essayait de parler, Rémi l'arrêtait sans ménagement :

— Garde tes mots petite ! Ils t'usent et te vident, ils te détournent de toi-même.

À l'heure du casse-croûte, ils étaient comme les ouvriers manuels et les paysans des champs, ils se trouvaient une vieille souche, un bout de talus ou un coin d'herbe et partageaient le pain, le vin et le saucisson. Leur journée était rythmée par la nature, ses parfums, ses labeurs et ses habitudes.

Le silence qu'ils apprenaient à partager était leur plus intense communication...

Olinka partait souvent s'asseoir à l'écart, sortait son couteau, celui qui ne la quittait plus et lui servait à tout : couper les têtes d'orties, gratter les souliers crottés, trancher le pain dur... – et s'occupait à sculpter un bâton de marche qu'elle voulait offrir à son ami. Elle aimait retrouver ces instants de solitude où pensées et mains travaillent en harmonie. Elle entrait là dans un silence qui suspendait le temps, il était immobilité, une sorte de pause dans le fatal écoulement du temps.

• • • • •

Ils étaient assis face à face autour de la vieille table de bois tailladée de toute part qui racontait à sa manière, les coups de couteau massifs tracés dans le pain rance, le fromage durci et le saucisson sec.

Dehors, la nuit tombante enveloppait les formes d'un halo flottant.

Le silence de la nuit était parfois entrecoupé de rumeurs vagues, difficiles à identifier, plus encore à localiser.

— C'est le chant nocturne de la terre, disait Rémi et ils se taisaient pour le laisser mieux couler au fond d'eux-mêmes.

En observant l'homme qui sauçait le plat de raviolis à grand renfort de morceaux de pain, Olinka demanda :

— Rémi, à quoi servent les mots ?

— À peu de choses, ceux qui se ressemblent se reconnaissent et se comprennent sans les mots, ceux qui ne se reconnaissent pas n'ont rien à se dire !

Olinka n'avait jamais envisagé les choses avec cette simplicité radicale, pourtant il y avait une part de vérité dans ce que disait Rémi. La société de l'homme moderne ne tient que par les mots et les mensonges. Sans mots, plus de mensonges ! pensa-t-elle.

— Les mots sont comme une rivière détournée de son cours, batifolant en tous sens, se perdant en plusieurs directions, vidés de leur substance et finissant par se perdre, engouffrés par la terre... Les corps se vident, les cœurs s'assèchent et les esprits sont de plus en plus confus, expliquait l'homme.

Va à l'essentiel ! Et nourris-toi du silence entre les mots. C'est le silence entre les notes qui crée la musique !

Je vais te raconter une histoire... Il s'essuya longuement la bouche. La jeune femme connaissait le plaisir qu'éprouvait Rémi à la sentir se trémousser d'impatience et il en profitait ! Enfin il posa la serviette... la plia... et commença :

— *Il y avait dans cette contrée, il y a très longtemps de cela, un monastère. Les moines y vivaient chichement : un champ de pommes de terre, quelques cochons, un poulailler... Parmi eux vivait le Père Anselme, un moine très pieux qui avait fait vœu de silence. Depuis ce jour, le Père Anselme n'avait dit mot... Pas même un murmure, pas même un juron ! Les moines le tenaient en grand respect, mais au seuil de sa mort, ils ne purent se résigner à le laisser partir sans qu'il leur livre une part de sa richesse intérieure – « proba-*

blement a-t-il, au cours de ces années silencieuses, acquis de grandes connaissance du monde spirituel ! Il faut qu'il nous livre cela ! » – se disaient-ils entre eux, sans se soucier du serment qu'avait fait le vieil abbé. Ils décidèrent donc de se rendre à son chevet et s'acharnèrent ainsi plusieurs jours.

— Père, lui disaient-ils avides, votre visage, vos yeux rayonnent d'une telle paix, d'une telle flamme intérieure ! Dites-nous au moins un mot pour nous guider sur ce chemin... un seul mot... un tout petit mot.

Et un matin, le vieil abbé les regarda tous, un par un, de ses yeux de braise ardente. Puis enfin il ouvra la bouche, ils étaient tous suspendus à ses lèvres, « enfin le vieux lâchait le morceau ! », se disaient-ils en eux-mêmes.

Alors, pour la première... et la dernière fois, depuis son serment, l'abbé Anselme prononça un mot... un seul mot... un tout petit mot !

— FEU, dit-il... et tout s'embrasa !

Depuis ce jour, il n'y eut plus de monastère dans cette contrée.

• • • • •

Rémi regarda tout autour d'eux puis tendit le doigt en direction des Trois évêchés :

— Là-haut, c'est *la parre* et au-dessous *sous-chaillol*, plus loin, là-bas, là où la roche s'effrite de tous côtés, c'est *les portes de l'enfer* ; le bout de terre qui prend un nom est un bout du monde apprivoisé. Il sort de l'anonymat, il devient unique, expliqua-t-il à Olinka qui ne voyait que pentes herbeuses et roches éparses !

Il est alors un repère pour l'homme qui doit pouvoir situer sa place et ses actes au sein de la nature qui l'accueille ; un homme sans repères n'est-il pas un homme perdu ! ? fit-il en s'adressant à la jeune femme qui acquiesça.

— Le promeneur voit une montagne – c'est joli, dur, sauvage – et le paysan voit une histoire. Chaque lieu nommé est dépositaire d'une mémoire, inscrite pour toujours dans la chair de la terre.

— Et les lieux qui n'ont pas de nom ? s'enquit Olinka.

— Ceux-là n'intéressent personne, sauf quelques fous qui aiment encore à rêvasser, rectifia le vieux en souriant malicieusement. Regarde... par exemple là-haut, ce n'est pas un col, ce n'est pas un pic, pas un pâturage non plus !

Là-haut, j'ai marché sur l'échine dorsale de deux dinosaures pétrifiés depuis que la terre est terre ! Regarde bien, tu devines leur tête, ils se font face, ils ne se quittent jamais, comme deux amoureux figés dans la pierre du temps. Ils n'aiment pas être dérangés. Ils ne s'intéressent pas aux hommes et les hommes les craignent car de là-haut, ils font la pluie et le beau temps ! Les nuages semblent s'accrocher à leur dos et quand ils déversent leur lot de pluie sur les écailles d'ardoises, mille sillons se creusent et enflent au fur et à mesure de la pente, drainant une masse noirâtre d'ardoises effritées. Ce qui pour nous est orage violent, n'est pour eux qu'une caresse du temps !

Rémi avait un jour mis en garde la jeune femme surprise en lui disant : Méfie-toi plus de tes qualités que de tes défauts, et il avait rajouté : Si tu veux nuire à quelqu'un, flatte-le !

Il encourageait Olinka à prendre le monde à contre-pied, à renverser sa pensée, à s'inverser elle-même, tel le pendu, les pieds en haut et la tête en bas !

— Il y a beaucoup de chaos dans le monde, mais ne te fie pas à ce que tu vois et à ce que tu entends ; un arbre qui tombe fait plus de bruit qu'une forêt qui pousse !

En sa présence, elle apprenait à cheminer un pied dans ce monde et un pied dans l'autre.

• • • • •

Ils avaient pris le chemin du col dans la matinée... Ils s'étaient posés sur les dalles plates chauffées par le soleil. L'eau du lac tout en bas, se défaisait doucement de son manteau glacé.

Rémi avait sorti le couteau et s'attaquait au pain noir, dur comme du bois, qu'il ne manquait jamais d'avoir sur lui.

Bientôt, il se leva engageant Olinka à le suivre en direction du col, sa silhouette altière se découpait sur le ciel devenu bleu. Ils atteignirent les crêtes, celles-là même où Olinka avait « échoué » l'automne dernier, épuisée, après son ascension périlleuse par les ardoisières... C'est justement l'endroit qu'il choisit pour s'arrêter ! Olinka ne réprima pas le frisson qui la parcourut toute entière. Elle s'aperçut ensuite avec soulagement que le choix de cet arrêt avait d'autres explications : d'ici on embrassait la Meije au sud, le pic du Goléon qui s'élevait en majesté, au nord ; la vallée s'étendait aux pieds et le col offrait sur l'ouest un large défilé de roches éparses, image du chaos primordial débouchant sur la grande vallée... celle des pâturages élevés, celle de la grâce et de l'harmonie, vestige d'un monde disparu, mémoire d'un temps révolu.

— Le col du Goléon ! Olinka. Rémi la sortit de sa rêverie. Les cols sont nos passages entre les mondes. Si la sagesse habite sur les sommets, la lumière, elle, s'ouvre par-delà les cols. N'est-ce pas la première initiation de l'homme après le noir et tumultueux tunnel de la naissance ! ?

Ils s'assirent dans l'herbe, le regard lointain, happés par la route initiatique.

— Il y a de nombreuses années, vivait ici un jeune homme que les gens d'en bas surnommaient « le Cyrille des monta-

gnes »... Rémi s'était mis à raconter et une nouvelle fois, la magie opérait.

... Il était né au temps de la Révolution, celle qui a apporté la liberté et l'égalité aux hommes !... Il vivait seul avec ses brebis dans une grange de pierres et de lauzes dont il ne reste aujourd'hui que pierres éparses envahies par les herbes. De ce pays sans arbres et sans hommes, à la frontière de toute vie, il avait hérité un sens farouche de la liberté. Il se préservait des hommes comme d'une maladie contagieuse et préférait l'amitié des animaux, des plantes, des rivières et même des pierres ! Le Cyrille aimait ce pays terrible qui était le sien d'un amour massif, absolu et toute son habileté tenait à perfectionner son isolement.

Ce garçon-là avait donc environ 20 ans quand Napoléon fit grande consommation de chair fraîche pour nourrir son ogresse ambition !

Les jeunes gens des hameaux partaient les uns après les autres pour défendre ou conquérir des pays dont ils ne connaissaient même pas le nom ni l'existence ! Cyrille qui ne descendait jamais au village, ne s'était donc pas présenté au recensement. On l'aurait même oublié sans l'état civil, qui est de grande ressource aux tyrannies !

Un jour un gendarme monte péniblement jusqu'à sa cabane et après s'être morfondu le jour entier à l'attendre, il le trouve enfin de retour avec la nuit : « Au nom de la Liberté, de l'Égalité et de la Fraternité, il devra se faire soldat au plus vite, on l'attend en bas, à La Grave ! » Cyrille écoute et acquiesce. Mission accomplie, le gendarme s'en va content.

Une semaine passe, puis deux, trois... Pas de Cyrille. On remonte, deux gendarmes cette fois ! La maison est vide... On attend... un jour... une nuit... pas de Cyrille ! C'était déjà l'automne et on se dit que l'hiver venant, on piégerait la bête comme un renard ! En novembre, on remonte... plusieurs hommes... de nuit... On force l'entrée de la grange... personne, le terrier est vide, l'animal s'est méfié !

Cette histoire-là a duré tout l'hiver et même les saisons suivantes... Pour dire vrai, elle a même duré des années ! L'homme était insaisissable, peut-être même invisible, le Cyrille devenait un héros, mi-fantôme, mi-sorcier, les langues allaient bon train aux veillées faisant grandir le mythe de la grandeur montagnarde... inviolable.

Mais le pouvoir et la loi ont horreur qu'on leur tienne tête ! Au nom de la Liberté... et surtout de la Fraternité, on a incendié et rasé sa misérable masure ! C'était sans compter sur les ressources de l'homme.

Ni tenant plus, les autorités déchaînées devant une insulte devenue risée publique, firent monter les troupes et ce fut dans la montagne une véritable chasse à l'homme !

Mais la montagne est toujours l'alliée de ceux qui sont à sa hauteur ; ce jour-là elle devait se battre au côté du Cyrille... Beaucoup y périrent, peu en redescendirent et ceux-là ne parlèrent plus jamais du Cyrille des montagnes, le « sauvage du Goléon ».

Rémi se tut, offrant à la montagne l'écho de ses mots, tel un hymne, un chant de gloire à ceux, trop rares, qui ont su résister et préserver leur grandeur d'homme libre.

Deux histoires, deux époques, une seule et même vallée ! Olinka était songeuse... Qu'essayait de lui faire entendre Rémi ? Elle restait persuadée que la légende *du fugitif de la préhistoire* et celle *du Cyrille des montagnes* n'arrivaient pas à elle par hasard.

Combien étaient-ils à vivre dans l'innocence et l'absolu des altitudes ? Pourquoi ces hommes, tirés vers le haut comme aspirés par une poigne toute puissante devaient-ils rendre des comptes à ceux qui restaient englués dans les miasmes du pouvoir et de l'hypocrisie ? Cette histoire réactivait en elle un flot de souffrance, son ventre rageait face à l'injustice des libertés volées.

Olinka se dressa de toute sa hauteur au seuil de la porte symbolique. Face à la vallée immense, elle honora la mémoire de ces hommes ; leur soif de vérité brûlait dans ses veines.

Un cri strident la fit sursauter... l'aigle était là... elle le reconnut.

Rémi s'approcha d'elle, ensemble ils suivirent le vol fascinant de l'oiseau.

— C'est dans « la plus que vie » que l'homme peut espérer développer ses ailes, fit Rémi. Il y a des lieux qui, pour cela, sont plus propices que d'autres !

• • • • •

Elle redescendit seule des pâturages ; Rémi restait encore quelques jours aider ses fils le temps de l'agnelage. Olinka avait emmagasiné une énergie nouvelle. Tout lui paraissait simple et fluide, même sa marche était légère ; elle sautait les talus rebondissant d'un pied sur l'autre prenant appui sur les ornières de l'étroit sentier. Elle se jetait dans la pente sans retenue, ses jambes alertes suivaient la cadence, précises, relâchées.

En la ramenant à une simplification encore plus ardente, les terres d'en-haut semblaient l'avoir transformée, allégée peut-être... comment dire quand il s'agissait d'une élévation de l'âme !

Comment allait-elle vivre désormais en bas avec ce qu'elle savait maintenant d'en haut ? Elle reprendrait sa tâche, rebâtirait ce mur... Elle le savait.

Quand elle arriva en vue du pont, elle s'arrêta et chercha instinctivement des yeux, le tas de pierres patiemment choisies et empilées sur la rive opposée, dans l'attente de trouver leur juste place dans le mur de la chapelle. Elle scrutait la rive gauche du torrent, fouillait entre les herbes qui avaient bien poussé depuis quinze jours... mais elle ne vit rien !

Dépitée, elle accéléra sa marche, passa devant sa maison sans même s'y arrêter et se rua sur le pont de bois qui enjambait le torrent... Le tas avait bel et bien disparu ! Ses jambes la lâchèrent d'un coup ; elle s'effondra sur le talus, abattue, perplexe. Recouvrant bientôt ses esprits, elle essaya de réfléchir... Elle pensa aux jeunes qui rénovaient une grange dans un des hameaux de Valefroide ! Son sang s'échauffa et elle se retint pour ne pas débarquer comme une furie sur leur chantier. Au contraire, sur une inspiration qui lui vint probablement d'en-haut, elle se leva et s'engagea sur le chemin qui menait à la chapelle. Au fil de la marche, sa rage se dissipa, son esprit s'apaisa, le chemin faisait son travail.

Quand elle déboucha sur le bosquet où se cachait sa chapelle, quelque chose de nouveau alerta ses sens ; à l'affût, tel un animal connaissant parfaitement son territoire, elle se mit à traquer l'intrus... Elle s'approcha de la bâtisse et ne vit rien au premier abord, mais elle était cependant certaine que quelque chose s'était passé ici... Il restait comme la mémoire d'une présence qu'elle qualifia même d'active... Oui, c'était cela, une présence active ! Olinka fit le tour de la chapelle et s'arrêta stupéfaite. Le mur ! Le mur qu'elle s'apprêtait à consolider était là, fier et beau ! Elle s'approcha, toucha ; elle reconnut ses pierres ! Elles étaient toutes là, à leur juste place et elles semblaient lui sourire avec un air de dire : « Tu vois, il n'y a pas que toi qui t'intéresses à nous, il y a d'autres cœurs capables de nous comprendre ! » Et c'était vrai ! Olinka était bien obligée de l'admettre, celui ou celle qui avait fait ce travail avait le sens de la pierre, de la forme, de l'équilibre... Qui avait fait cela ? Il fallait qu'elle sache, maintenant. L'inconnu avait franchi la frontière. Il était venu à elle, au plus proche, là où même l'amant n'entre pas et elle ne le connaissait même pas ! C'était aberrant. Elle entra dans la chapelle minuscule ; la lumière y était douce, pudique ; elle s'agenouilla au pied du vitrail, se signa et remercia.

C'est auprès de Sarah qu'elle trouva ses premiers éléments d'enquête !

Sarah avait été informée du retour d'Olinka dans la vallée, elle entendait commencer son enseignement des simples, ces plantes si communes que personne ne les regardent plus, ces fameux « remèdes de bonnes femmes » !

— Des primevères ! fit Olinka enchantée, qui, de sa retraite d'altitude, n'avait pas suivi la transformation printanière de sa vallée.

— Sais-tu comment s'appelle la primevère ? questionna Sarah.

— Le coucou, bien sûr, répondit Olinka.

— On le nomme aussi « la clef de saint Pierre ».

— Probablement à cause de ses fleurs réparties au sommet de la tige, émit Olinka.

— Peut-être, mais pas seulement, réfléchis !

— Saint Pierre n'est-il pas le gardien du paradis ? demanda Olinka.

— Oui, et la primevère permet le passage ! Elle détient les clés du corps ; elle ouvre au printemps toutes les portes closes et les espaces qui sentent le renfermé ! Avec son petit goût de miel, il fait cela très délicatement et prépare ainsi le terrain à son ami le pissenlit, le « grand nettoie-tout » !

— Ah ! Je connaissais « le grand manitou » mais pas « le grand nettoie-tout » ! fit Olinka amusée.

Et Sarah entonna une comptine :

« Coucou, me voici,
il est temps de sortir de vos cachettes !
ouvrez portes et fenêtres !
Je suis le petit ramoneur du printemps
J'ai les pieds dans la neige et la tête au soleil
Ne vous privez pas de mes fleurs couleur de miel !
J'ai les clefs du paradis
et j'évacue tous vos soucis ! »

— Qui t'a appris cela ? fit Olinka joyeusement.

— Mon père me chantait cette comptine à la venue du printemps, et il faisait de même pour chacune des saisons, et pour d'autres fleurs encore... C'était sa façon à lui de me faire partager son émerveillement pour les transformations de la nature.

Apprendre en chantant, apprendre en étant bercée par la voix et la présence paternelle, apprendre en partageant les mêmes tâches, les mêmes complicités ! Olinka était rêveuse... Que transmettrait-elle d'essentiel à ses propres enfants ? Quelle mère, quel père, aujourd'hui se sentait encore responsable d'une transmission directe ; à l'heure où l'école, les loisirs, les associations s'imposent à tous comme dépositaires des valeurs et des savoirs universels et incontournables ?!

Elle ne fit pas part de ses réflexions à Sarah. Elle ne voulait pas ternir ces instants fragiles où les souvenirs viennent caresser nos joues.

— On peut en cueillir, proposa Sarah. Et elles se séparèrent cheminant au gré des appels lancés par les fleurs. Le parfum de miel les enivrait.

Quand elles se retrouvèrent, chacune un bouquet dans la main, elles s'assirent d'un même mouvement complice au cœur du champ.

Olinka attendait ce moment qui sentait la confidence, pour faire parler son amie ;

— Connais-tu quelqu'un qui s'intéresse à la petite chapelle ? interrogea-t-elle sans détours.

— Peut-être, fit la femme.

— Comment « peut-être » ?! fit Olinka surprise par la réponse de Sarah.

— Je ne le connais pas moi-même mais des gens du village m'en ont parlé.

— Mais tu ne m'as jamais rien dit ! s'offusqua la jeune femme.

— Tu ne m'as jamais rien demandé. J'ai cru comprendre que tu avais découvert cette chapelle et qu'elle était tienne ! Sarah avait un petit sourire gentiment moqueur.

— Mais... bredouilla Olinka. Qui ?

— Il habite de l'autre côté du col, je crois... une petite maison dans le village des Cours ; il la retape quand il est là.

— Il n'habite pas ici toute l'année ?

— Non, il vient s'y ressourcer, comme on dit... Ou peut-être s'y retrouver... Et il sembla à Olinka que ce dernier mot était choisi pour elle ; Sarah ne faisait, ni ne disait rien au hasard.

— Comment s'app...

Mais la femme s'était déjà levée ; tournant le dos à Olinka, elle avait volontairement rompu le fil et commençait à ramasser les pissenlits avec l'aide de son couteau.

— Ceux-ci seront pour les lapins, fit Sarah, ils sont trop durs pour les salades, par contre on peut sucer la tige, tiens !

Elle tendit une tige juteuse à Olinka qui se mit à mâchouiller.

— C'est amer ! fit-elle en jetant la tige avec un brin d'agressivité.

— L'amer réjouit le cœur et nettoie le foie ! fit la femme ne semblant aucunement perturbée par les sentiments de son amie. Parfait pour les colériques et les impatients ! Et elle tourna les talons, laissant Olinka à son désarroi.

Olinka s'en voulait, elle avait tout gâché. Sarah était disposée à lui donner un enseignement, elle n'était arrivée qu'à la faire fuir ! De toute façon, elle n'avait pas besoin d'elle pour retrouver l'homme, elle en savait assez. Demain, elle passerait le petit col et descendrait au village des Cours.

• • • • •

Le petit village, étiré à flanc en travers de la pente douce des champs, contrastait avec ceux plus rudes que côtoyaient la jeune femme. La vallée ici, s'ouvrait ; elle annonçait déjà qu'au-delà du col du Lautaret, tout proche, un autre « pays » commençait qui n'avait rien de commun avec l'austérité du pays de la Meije.

Olinka se faufila avec discrétion sur le dos du village, se glissant entre les maisons. Elle aboutit à une fontaine. Tous les vrais villages ont une fontaine, et toutes les ruelles du village mènent à la fontaine. Olinka se posa là, sur une lauze, et goûta l'atmosphère du lieu. Un vieux passa et saisit l'occasion d'une conversation :

— Alors jeune fille, on fait une pause ! ? Vous allez loin comme ça ?

— Ben, non... enfin, j'sais pas... j'habite là-haut... de l'autre côté... je...

— Oh ! Vous êtes d'ici alors, fit le vieux espérant visiblement en savoir plus sur sa généalogie au pays.

— Ben oui... un peu, fit Olinka que cette conversation gênait. Elle voulait être ici incognito. Son orgueil ne lui permettait pas d'avouer qu'elle cherchait un homme qu'elle ne connaissait pas, mais surtout, elle ne voulait pas que l'homme en question sache qu'elle menait son enquête !

Elle fit donc de son mieux pour écourter la conversation, mais une fois seule elle dut admettre qu'elle était ridicule. Elle aurait mieux fait de s'informer auprès du vieux sur les habitants du village. Tant pis, elle se leva et décida de parcourir le village à la recherche d'une maison en chantier de rénovation.

À la cime du village, elle crut avoir trouvé ce qu'elle cherchait mais elle comprit qu'elle s'était trompée, un homme d'imposante carrure maniait la pelle avec vigueur et virilité, son ventre bedonnant dépassait généreusement du ceinturon et des grosses gouttes de sueur perlaient sur ses tempes. Il jeta à la jeune femme un regard de convoitise tout en souriant mielleusement sous sa moustache. Olinka accéléra le pas et sortit du village par les champs. Un peu plus haut, elle s'assit sur un talus et fit le point : peu de monde au village, des maisons aux volets clos qui attendent vacances et week-ends pour ouvrir leurs paupières, une seule maison en rénovation, mais rien à voir avec l'homme qu'elle cherchait pour autant qu'elle pouvait se fier à la mémoire de la silhouette qu'elle avait entrevue... Alors ?

Toute à sa réflexion, elle ne vit pas de suite la petite maison isolée, perchée au-dessus d'elle. Pourquoi ne l'avait-elle pas remarquée à la descente tout à l'heure ? La combe l'avait sûrement cachée. Toute excitée et le cœur battant, elle se dirigea vers la maison solitaire. Elle le sut avant d'arriver, il habitait là ; il ne pouvait habiter que là ! Elle sut aussi qu'il n'était pas là. Cette certitude lui donna de la hardiesse, elle fit le tour de la maison, jeta un œil curieux à travers les fenêtres et comprit qu'elle ne s'était pas trompée en découvrant les pièces en chantier. Elle s'assit sur le vieux banc qui sommeillait au côté de la porte et ferma les yeux. Elle se concentra sur le souffle de l'air, pressa son dos contre les pierres du mur, enfonça ses pieds dans la terre et attendit les confessions de la maison. Alors, les pierres chaudes semblèrent lui murmurer à l'intérieur d'elle-même : *« Bienvenue Olinka, cette maison te ressemble, tu es ici chez toi »*.

Puis ce fut comme une sensation furtive, aussi légère que le souffle de l'air, l'impression que les pierres étaient heureuses... que l'homme qui vivait là les aimaient de tout son être, qu'il les comprenait et trouvait la paix à leurs côtés. Olinka se sentit subitement si proche de lui, qu'elle tressaillit. Un jour viendrait où elle le rencontrerait vraiment... mais n'était-ce pas déjà fait ! Elle se leva doucement, plongea son regard au loin dans la vallée de la Romanche et machinalement caressa les pierres chaudes du mur en un remerciement discret.

• • • • •

Comme le pissenlit : s'ancrer, rayonner, se dépouiller et ensemencer...

— L'ortie, la plus dépurative des plantes médicinales a la glorieuse fonction de nettoyer notre sang chargé de toxines et d'activer sa circulation ; d'autre part, elle apporte le fer nécessaire à l'expansion et à l'affirmation de notre être en éveil... Sarah, tout à son désir de transmettre, était revenue le surlendemain. Comme à son habitude, c'est sur le terrain lui-même qu'elle enseignait, au fil de la cueillette :

— Le pissenlit avec sa couleur jaune et son amertume s'occupe plus particulièrement de notre foie, il stimule la production de la bile. La stimulation du foie à la saison verte permet une vivacité de l'esprit et une limpidité de la pensée ; l'énergie renouvelée nous pousse vers l'action et l'affirmation ; le bourgeon éclate et l'oiseau sort du nid ! Les travaux d'été exigent ardeur et décision. Une décision juste peut sauver une récolte !

Olinka était émerveillée ; ainsi, tout était pensé par le Grand Créateur et l'ordre de l'univers était parfait. Seuls, les hommes manquaient à cette perfection, ils en avaient même rompu l'équilibre ! Aveugles ! Voilà ce qu'ils ont gagné... Ils sont devenus aveugles et sourds... Tant pis pour eux, tant pis pour ceux qui croient savoir... Tant pis pour l'homme... Heureux ceux qui laissent fleurir les salades !

— Le pissenlit est la jeunesse et la vitalité du corps ; si tu en fais une cure maintenant, tu remets ton organisme à neuf : ton sang se purifie, les toxines s'évacuent et l'énergie revient ; c'est la toilette du printemps ! continuait Sarah.

— Peut-on aussi manger les fleurs ? demanda Olinka, qui semblait bien décidée à entreprendre cette cure de jouvence le plus rapidement possible !

— Pour l'instant, contente-toi de les ramasser, je te donnerai la recette du « miel de pissenlit ».

Olinka cueillait les fleurs pendant que Sarah ramassait les feuilles. Quand elles eurent terminé, elles s'assirent dans l'herbe verte et drue ; de toute part, les pissenlits se dressaient, faisant chanter les prés de leur jaune flamboyant !

— Regarde, fit Sarah, le pissenlit est l'éclat du soleil sur nos champs, il incarne la générosité du printemps ! Sais-tu qu'il est né de la poussière soulevée par le char du soleil ?!

— Non, fit Olinka rêveuse...

— Sa fleur s'ouvre et se ferme en parfaite symbiose avec le cycle du soleil. Connais-tu le nom latin de cette plante ? demanda Sarah.

— Non.

— *Taraxacum*. Qu'évoque pour toi ce mot ? questionna Sarah.

— *Taraxacum* vient du mot grec *taraxis* qui...

Mais la femme l'interrompit :

— Ce n'est pas ce que je te demande, fait appel à ton imaginaire et laisse ton savoir de côté pour le moment : que t'évoque la sonorité de ce terme ?

Olinka laissa résonner en elle les sonorités de ce mot, puis elle se tourna vers son amie brandissant un pissenlit à bout de bras comme si elle tenait un étendard :

— *Taraxacum* est le nom d'un guerrier, bien sûr, fit-elle, victorieuse !

Elles rirent de bon cœur, s'imaginant conduire le char du soleil, tiré par deux chevaux fougueux, semant à tout vent les fleurs dorées symbole de la puissance et de la générosité de l'astre lumineux !

— Si tu observes bien cette plante, reprit Sarah, tu comprendras pourquoi son nom t'évoque l'action, la fougue, le courage d'un guerrier ! Arrache un pissenlit avec sa racine ! ordonna-t-elle.

— Je n'y arrive pas, protesta Olinka après plusieurs tentatives, les racines sont trop profondes, regarde, elles se rompent, je ne peux pas les extraire entièrement !

— Tu as raison, pas sans outils ! Rentrons, proposa la guérisseuse, nous en déterrerons un aux abords de la maison ; nous prendrons la bêche.

Elles prirent leur panier et rejoignirent le chemin. Devant la maison un beau pissenlit semblait les attendre, Olinka prit la bêche et entreprit de le déterrer.

Après un certain nombre d'essais, elle tira enfin la racine au complet !

— Tiens, la voilà, fit-elle, en la brandissant, elle est belle !

Elles allèrent s'asseoir sur le banc extérieur pour profiter encore de la chaleur accumulée dans les pierres du mur.

— L'ancrage du pissenlit est tel, qu'il va puiser très loin dans la terre, les minéraux. C'est ainsi que ses racines se gorgent de calcium, expliqua la femme.

— Le calcium est la force et la jeunesse de nos os, remarqua Olinka.

— Nos os représentent notre structure de base, notre identité, notre solidité en profondeur ; c'est par notre ancrage que nous donnons vie et force à nos os !

La racine du pissenlit est l'ancrage de l'homme debout, reprit la guérisseuse. Elle représente la force, la stabilité... et la liberté d'un homme enraciné.

— Et bien, fit Olinka amusée, on ne doit pas pouvoir le cueillir facilement, celui-là non plus !

— Ni le cueillir, ni le déstabiliser, ni le récupérer ! renchérit la femme, c'est un homme gênant, la société a peur des hommes libres et potentiellement puissants !

Sarah connaissait-elle l'histoire du *Cyrille des montagnes* ?

— Regarde ses feuilles, larges et drues, elles renforcent encore la base de la plante !

Olinka tenait le pissenlit dans ses mains, une véritable force émanait de lui.

— Alors, *Taraxacum*... c'est cela, fit-elle pensive. Et la tige, demanda-t-elle ?

— Sa particularité est d'être creuse ; elle offre le passage, elle représente la direction et la circulation de l'énergie vitale le long de l'axe central. La tige de la fleur, c'est l'axe de l'homme debout ; plus l'enracinement est profond et plus la tige a de la vitalité pour se dresser. Elle véhicule le fer, c'est l'action !

— Et la fleur ? demanda encore la jeune femme.

— Connais-tu dans la nature un jaune plus éclatant ?! La « fleur soleil » du pissenlit a un pouvoir réchauffant ; je l'utilise en huile de massage pour stimuler la circulation dans les extrémités froides et l'énergie vitale le long du dos.

— Mais la robe couleur soleil deviendra robe couleur de lune ! fit remarquer poétiquement la jeune élève.

— Tu as raison, on ne peut pas briller et agir toute sa vie avec la puissance du soleil. Son temps venu, elle se pare d'argent et s'offre à l'air pour semer à tout vent son message de sagesse et de dépouillement. Le pissenlit nous rappelle qu'il y a un temps pour rayonner et pour agir, un temps pour semer et s'effacer !

— Après l'action, la contemplation ; le soleil rejoint la voie lactée, renchérit Olinka qui comprenait tout à fait le chemin de l'esprit que la guérisseuse voulait lui faire parcourir.

— Le pissenlit devient aérien, plus discret et si simple qu'on finit par l'oublier... Mais en toutes saisons il est présent, il traverse le temps et veille. Applique-toi à lui ressembler, il doit être pour toi un exemple de force et d'humilité, conclut la femme en se levant. Le mur devenait froid dans leur dos, il fallait rentrer.

Olinka prit son panier, y glissa le pissenlit majestueux à la racine proéminente. Elle n'aurait jamais cru qu'une simple fleur puisse mener aussi loin la pensée !

— Sarah, j'ai vu sa maison, fit la jeune femme, plus tard, dans l'ombre de la pièce.

— Ah oui, fit la femme détachée en coupant quelques brindilles pour le petit bois.

— Tu sais de qui je te parle ?

— Oui, bien sûr, du sorcier de la chapelle... celui qui rebâtit les murs d'un coup de baguette magique !

Elle craqua une allumette et le bois s'enflamma.

Olinka fit la moue, elle n'aimait pas l'air moqueur de son amie.

— Et alors ? demanda la femme désireuse de recréer le climat de confiance.

— Il n'était pas là.

— Heureusement, n'est-ce pas !

— Tu crois que j'ai peur de lui ! fit la jeune femme sur la défensive.

— Oui... ou plutôt non... Je crois que tu as surtout peur de toi-même...

Et à son habitude, elle tourna les talons, laissant Olinka se débrouiller seule avec le feu.

« Sarah suspensions, Sarah mystères, Sarah manipulatrice ! »...

Olinka ne s'habituerait donc jamais à cette manière de faire ! Ce n'était pas la première fois que Sarah la laissait plantée avec une « patate chaude » dans les mains et ce ne serait probablement pas la dernière... Pour le moment, elle fulminait. Plus tard, elle le savait, elle réfléchirait et cuisinerait la soupe !

Elle jeta une bûche dans le feu, souffla avec arrogance sur le petit bois pour activer la prise et fouillant machinalement les braises avec son pique-feu, elle décida :

— Demain, je monterais à la bergerie d'alpages et j'interrogerais Rémi, lui au moins ne se dérobera pas !

• • • • •

Les étranges chemins du destin...

Il avait plu toute la nuit. L'orage avait commencé vers 17 h et n'avait cessé qu'au lever du jour. Olinka avait peu dormi. Quand elle ouvrit la porte, une masse de brume l'enveloppa aussitôt, les sommets était encore noirs de leur bataille nocturne, peu engageants à la randonnée ; pourtant elle décida de monter quand même.

Les torrents vrombissaient et des ruisseaux se formaient de toute part, drainant l'eau noirâtre des ardoisières. Il faisait froid. Olinka passa le lac et s'engagea dans la vallée glacière où se déversaient les eaux du Goléon. Elle avait marché vite et ne s'était pas arrêtée. Le paysage ressemblait à une encre de Chine : de large traînées de brume blanche ou grise soulignaient les sommets noirs. C'était beau, pur ; une calligraphie au trait sûr et délicat. Elle contemplait ce chef d'œuvre éphémère, cherchant à distinguer par-delà les brumes des traces de fumée de cheminée, présage d'une présence à la bergerie. Olinka scrutait l'horizon quand tout à coup son regard fut captivé par une tache rouge plus haut, du côté du col lombard ! Que signifiait cette intrusion dans le tableau ! Intriguée et inquiète elle se hâta, ne la perdant pas de vue.

La bergerie était close, Rémi avait dû quitter les lieux peu de temps avant et sûrement devait-il remonter prochainement car les volets n'étaient pas fermés, des outils étaient restés dehors et les clés étaient dans la fente du vieux mur. Cependant, la jeune femme n'entra pas, elle se sentait anxieuse et sans perdre de temps, elle reprit sa marche. La tache rouge était toujours là !

L'homme était parti de Valloire dans la matinée, il avait rejoint le petit hameau de Bonnenuit et s'était enfilé dans la vallée sauvage et étroite, longeant le torrent jusqu'au mur d'ardoises. Ici le chemin disparaissait, laissant à chacun sa part de créativité mesurée. C'est dans cette pente abrupte que l'orage l'avait rattrapé, la terre gorgée d'eau était devenue mouvante sous les pieds et les ardoises déjà instables offraient des appuis de plus en plus glissants. L'homme n'en était pas à sa première expérience de la montagne, bien au contraire ! Depuis longtemps déjà il parcourait, le plus souvent seul, cet univers d'austérité où règne la pure lumière. Depuis longtemps déjà, la montagne l'avait éprouvé, sculpté, épuré...

Il connaissait l'itinéraire pour l'avoir pratiqué un certain nombre de fois. Il savait aussi que ce col, frontière entre la Savoie et les Hautes-Alpes, autrefois couramment pratiqué par les colporteurs, contrebandiers, fugitifs et voyageurs de toutes sortes, était aujourd'hui déserté des promeneurs qui lui préféraient des chemins moins austères et plus faciles d'accès. Il était seul et savait les colères de la montagne, il passerait le col et s'abriterait dans la bergerie de l'alpage.

Parvenu de l'autre côté avec la nuit tombante, il ne vit pas le bloc de rocher déchaussé par la pluie, fondre sur lui. Il s'esquiva pourtant sur le côté, agi par une force invisible, un instinct de survie intact. Le rocher se contenta de lui heurter la jambe avec une force démesurée, la brisant sur son passage. L'homme s'était écroulé mais la montagne l'avait épargné, il était en vie !

Toute la nuit, sous l'orage, il a lutté. L'os du péroné saillait sous la chair tuméfiée ; l'homme découpa son pantalon et se servit d'un tee-shirt de rechange qu'il avait dans son sac à dos pour bander la plaie et stopper l'hémorragie. Il s'installa tant bien que mal sur un replat, enfila sa jambe blessée dans son sac à dos et se prépara à une nuit cauchemardesque.

Olinka s'approcha le cœur battant d'affolement ; qu'allait-elle découvrir !

L'homme était livide mais il était conscient ! Olinka respira profondément pour tenter de calmer son angoisse ; à aucun prix, l'émotionnel ne devait prendre le dessus. Elle lui parla doucement, prit sa main glacée, sortit un pull de son propre sac et l'enveloppa grossièrement, n'osant pas le bouger avant de connaître ses blessures. L'homme la regarda ; il venait de très loin ! Ses yeux était flous, perdus, ailleurs. Olinka devait le ramener là, vite. Elle lui massa les mains vigoureusement, pressant fortement le creux de la paume avec son pouce ; elle lui parlait doucement et avec fermeté : des mots, des sons... des vibrations ; la vie de cet homme était là, suspendue à ses lèvres !

L'homme revenait, Olinka le sentait ; une légère couleur dans le visage, une main plus dense et peut-être même un peu de chaleur ! Et les yeux qui la regardaient, cette fois, et cherchaient à comprendre.

— Où avez-vous mal ? demanda la femme.

— La jambe, articula l'homme en un effort terrible et son visage se déforma par la douleur.

Un peu rassurée, elle lui souleva la tête et lui donna à boire. Puis, avec une infinie lenteur et une maîtrise qui l'étonna elle-même, elle entreprit de dégager la jambe blessée du sac à dos ; elle pouvait maintenant apprécier les dégâts ! La fracture était ouverte, le péroné saillait à l'extérieur de la jambe.

— C'est le péroné, grimaça l'homme... il faudrait le replacer...

— Mais ! protesta la femme, je ne sais pas faire... ça va être très douloureux... c'est imp...

— Il le faut, fit l'homme qui retrouvait espoir et son regard se planta dans celui de la femme. Olinka tressaillit, elle avait déjà entendu cette voix... Elle avait déjà rêvé ces yeux !

Les mains moites et les jambes flageolantes, Olinka se laissa guider par les consignes que lui donnaient l'homme. Elle avait ôté son tee-shirt, propre du matin, l'avait déchiré en deux parties, l'une servirait à nettoyer la blessure qui allait saigner, l'autre maintiendrait l'os en place.

— On y va ? fit l'homme dans une mimique crispée qui se voulait sourire.

— On y va, répondit la femme d'une voix à peine audible.

— Vous donnerez le signal... on inspirera ensemble et sur l'expiration qui suit... vous agirez. Puis il ferma les yeux, Olinka fit de même et la montagne suspendit le temps.

— Maintenant. Elle prit une profonde inspiration posa ses mains doucement de chaque côté de la jambe blessée, entra en contact avec l'os fracturé, se rappela ses expériences au côté de Sarah, fusionna avec l'os et visualisa la place qu'elle voulait lui faire prendre.

— Là ! dit-elle dans un souffle. Elle repoussa l'os, d'un coup sec, avec détermination et précision.

Le cri de l'homme sembla libérer la montagne ; Olinka entendit de nouveau le mouvement du torrent, les craquements du glacier et le souffle de l'air. Elle avait placé sur la plaie, son tee-shirt déchiré imprégné de l'eau glacée de sa gourde ; l'hémorragie calmée, elle entoura fermement la blessure avec l'autre morceau et plaça ses mains à courte distance de la jambe pour suivre, comme Sarah le faisait, les mouvements de l'énergie autour de la blessure. Elle sentait instinctivement que le travail serait terminé, seulement quand la paix se ferait sous ses mains. Pour le moment, la mémoire de la blessure, de la douleur, du traumatisme était encore trop active. Elle devait rester, suivre, orienter les mouvements qui se dessinaient sous ses mains. L'homme ne posait pas de questions, il avait reposé sa tête sur le sac à dos, il respirait calmement, peut-être même accompagnait-il mentalement le travail de la femme !

Le ciel se dégageait rapidement au-dessus d'eux, le soleil bientôt apparaîtrait. Il sera bon !

L'homme et la femme goûtaient le calme après la tempête. Mais bientôt... trop tôt... la question de la descente se posa.

— Je vais descendre chercher du secours... jusqu'à la bergerie de l'alpage, peut-être sont-ils remontés... Ils vous porteront des vêtements secs... une couverture... Je descendrais dans la vallée, j'appellerai les secours en montagne... Ils enverront un hélicoptère... Je...

Mais il la coupa court.

— On va descendre ensemble jusqu'à la bergerie.

— M... mais ! La jambe ! Vous êtes trempé, vous avez passé la nuit dehors, vous avez perdu beaucoup de sang, vous ne pouvez pas !

— Si vous m'aidez, je crois que je pourrais, mangeons un peu, nous l'avons bien mérité et nous essaierons ensuite : vous me maintiendrez d'un côté, de l'autre j'ai mon bâton...

Ils mangèrent leurs pruneaux sans mot dire, chacun dressant pour lui-même, l'état de ses propres forces.

Elle l'aida à se dresser sur une jambe, son visage devint blême, mais l'homme semblait bien déterminé à serrer les dents. Ils décidèrent de laisser sur place un sac à dos avec les vêtements trempés, Olinka se chargea de l'autre sac contenant le reste de nourriture et la gourde.

« On est fous ! », se dit-elle... Et elle aima ça.

Quand ils arrivèrent en vue de la bergerie, l'ombre prenait possession du lac. L'homme était épuisé, la femme le surveillait d'un œil, guettant le moindre signe de défaillance pour l'obliger à s'arrêter. Ils avaient cheminé très lentement, elle avait choisi les passages et avait démontré une délicate capacité à apprécier le terrain. Ils avaient échangé peu de mots, focalisant leur énergie et leur attention sur le chemin. Ils n'avaient rencontré personne et la bergerie ne donnait toujours aucun signe de vie. Olinka enfonça la main dans le trou du mur et en ressortit la clé. Chancelants de fatigue, ils entrèrent.

La femme avait allongé le blessé sur le lit, puis l'avait aidé à se dévêtir de ses habits encore mouillés. Elle avait surélevé la jambe fracturée en la faisant reposer sur un tas de couvertures et avait recouvert l'homme de toutes les autres rassemblées.

Maintenant il dormait.

Le feu crépitait paisiblement et la femme, enfin, se retrouvait face à elle-même. Son corps entier lui faisait mal : l'angoisse, le froid, la fatigue, la tension extrême durant la descente, tout cela apparaissait maintenant.

Elle était exténuée. Seule avec ses pensées, elle laissait défiler les images du film qu'elle venait de vivre – lequel des deux avait porté l'autre ?! se demandait-elle.

La flamme éclairait par intermittence, le visage de l'homme endormi, il paraissait calme. Olinka se mit à suivre le jeu des flammes, dévoilant furtivement, selon leur bon caprice, les traits de l'homme.

Le visage semblait sculpté dans la pierre, net, précis, sans fuite ni rondeurs trompeuses ; les cheveux noirs coupés en brosse courte et souple dégageaient le front sillonné d'une ride trop profonde pour son âge : 28 ans ? 30 peut-être ? se questionna la femme. Puis elle se rappela les yeux verts qui l'avaient tenue avec autorité et fermeté quand il lui avait demandé de réduire la fracture ! Ces yeux-là étaient comme des lacs de montagne, il fallait s'élever en altitude pour mériter leur beauté et se laisser toucher par leur profondeur... Lacs sauvages et sages, lacs solitaires. Ce visage, elle le connaissait, il ressemblait à celui de Rémi, à celui de son grand-père, à celui de Jean... C'était le visage de la montagne quand elle se reflète dans l'homme et façonne l'âme à son image.

L'homme bougea et son visage se crispa, l'espace d'une seconde ; Olinka, déjà, courait à son chevet.

Que devait-elle faire maintenant ? Pouvait-elle le laisser seul le temps d'aller chercher un médecin ou valait-il mieux le veiller pour le moment ? Y avait-il d'autres soins à lui donner dans l'urgence ? Elle songea à la plaie, elle devait la désinfecter. Elle fit le tour des placards et des tiroirs et découvrit un petit flacon de sirop probablement recyclé car une étiquette avait été collée mentionnant : *huile de mille-pertuis*. Elle se souvint que Rémi l'utilisait pour les plaies des bêtes ; Sarah aussi se servait régulièrement de cette huile qu'elle faisait elle-même pour les petits bobos, les brûlures, les coupures profondes... Elle décida de se servir du flacon comme désinfectant. Elle trouva de la bande de gaze et l'imbiba du liquide rouge. L'homme dormait toujours, elle défit le bandage de fortune, découvrit un gros caillot de sang qu'elle nettoya délicatement et l'imprégna d'huile. Enfin, elle banda proprement la jambe. L'homme la regardait.

— Merci, lui dit-il. Et les flammes choisirent ce moment-là pour éclairer ses yeux !

— Comment allez-vous ? demanda-t-elle, un peu gênée par cette proximité soudaine.

— Probablement mieux que si j'étais encore là-haut, fit-il dans un sourire qui dévoila un nouveau visage... et Olinka vit le lever de soleil sur la montagne.

— Je vais aller chercher un docteur, j'ai ma voiture en bas... Je ne m'en suis pas beaucoup servie ces derniers temps, fit-elle comme une excuse, j'espère qu'elle démarrera !

— Ce n'est pas la peine, il va faire nuit bientôt, cela ne servirait à rien, connaissez-vous un médecin qui vous suivrait ici la nuit ? Non ! Moi non plus. Y a-t-il ici de l'aspirine ou quelque chose comme ça... pour la douleur ?

— Je ne crois pas, j'ai déjà tout fouillé ; par contre, il y a des saules de l'autre côté du torrent, je sais que Sarah utilise l'écorce de saule pour calmer la douleur. Je vais en chercher, je serais de retour avant la nuit noire.

Et sans lui laisser le temps de répondre, elle sortit.

Dehors la pénombre s'était étalée sur la vallée glacière, l'eau du lac en contre-bas était bientôt noire, la Meije là-haut s'effaçait lentement et se donnait à la nuit. Olinka n'eut pas de mal à trouver les saules ; elle sortit son couteau et découpa des morceaux d'écorce qu'elle glissa dans son sac à dos. Demain, elle descendrait au hameau, elle irait voir Sarah et lui demanderait de monter ; elle avait plus confiance en elle qu'au médecin... Elle en parlerait à l'homme.

La décoction d'écorce sembla calmer la douleur et l'homme à nouveau s'endormit. Olinka s'aménagea une couche au sol, près de la cheminée, sur un matelas de fortune ; elle comptait entretenir le feu durant la nuit et tenir de la tisane au chaud ; elle garda une bougie à portée de main.

La flamme dansait généreusement encore, la femme n'arrivait pas à dormir. Il n'y a pas longtemps encore, elle partageait cette bergerie avec Rémi... La proximité de l'homme la troublait plus qu'elle ne voulait l'admettre, elle avait peur... Depuis combien de temps n'avait-elle pas aimé ?!

« Tu as peur de toi-même... » Les paroles de Sarah lui revinrent à l'esprit, la soupe était cuite ! Une fois encore, Sarah avait tapé juste – peur de moi-même... peur d'aimer... d'être blessée... une fois encore ! Olinka se mit à pleurer doucement, avec amertume.

L'homme ne s'était pas réveillé de la nuit, ce qui semblait de bon augure. Il s'éveilla tôt pourtant, réveillé par une urgente envie d'uriner. Olinka le trouva debout adossé au placard, essayant maladroitement de s'approcher de la table pour y trouver un point d'appui. Elle se leva d'un bond et vint de justesse le rééquilibrer. Sans chercher à se maîtriser, elle le gronda comme elle l'aurait fait avec un enfant intrépide et entêté.

Comme toute réponse, il lui décocha un sourire à faire basculer le ciel et la terre !

Olinka jugea que l'état de son blessé lui permettait de l'abandonner quelques heures. Elle lui exposa son projet concernant Sarah et il acquiesça.

La jeune femme déboulait le chemin avec ardeur ; malgré sa nuit blanche et les épreuves de la veille, elle se sentait portée par une énergie nouvelle. Mais elle se garderait bien de lui donner un nom !

Elle arriva chez Sarah vers dix heures, celle-ci n'était pas chez elle. Olinka décida d'attendre. Sarah ne tarda pas, elle était en consultation chez la Berthe qui souffrait de rhumatismes...

— Olinka ! Ça me fait plaisir, que fais-tu ici ?

— J'ai besoin de toi. Ou plutôt, non, ce n'est pas moi qui ai besoin de toi, c'est un homme... je l'ai trouvé... au pied du col lombard... le lendemain de l'orage... il est blessé... la jambe... une fracture... j'ai essayé... mais il faut que tu viennes... Elle avait débité toute l'histoire, presque sans respirer, Sarah n'avait rien compris ! Elle lui fit reprendre doucement ses explications, sentant que la jeune femme avait besoin de faire le calme en elle.

— Je vois que tu t'es bien débrouillée, fit la femme quand Olinka eut terminé.

— Alors ! Tu viens ?

— Je ne crois pas que tu aies besoin de moi ; je vais te donner ce qu'il faut.

— Mais ! protesta Olinka ; elle n'eut pas le temps d'en dire plus, la femme déposait devant elle des sacs de tisane et des flacons d'huile ; sa stature imposante et son visage grave et déterminé ôtèrent tout espoir à Olinka d'être secondée dans sa tâche. Elle écouta attentivement les conseils de la femme.

— De l'huile de racines de consoude : antiseptique, cicatrisant et surtout efficace pour souder les fractures et consolider les os, comme son nom l'indique ; en massage sur la jambe. De la prêle : en tisane, plusieurs fois dans la journée... n'oublie pas de la mettre à tremper quelques heures avant et de la laisser bouillir au moins dix minutes ; c'est une très vieille plante, presque plus minérale que végétale, elle aide les os à se restructurer, regarde-la, on reconnaît l'arbre vertébral et ses différents étages, c'est la plante du squelette. Ça, c'est du millepertuis, vous en boirez tous les deux... pour l'apaisement, il aide au sommeil. Pour la douleur, tu as ce qu'il faut. Rajoute un peu de reine des prés.

— Je dois faire autre chose ? questionna la jeune femme tendue.

— Tu peux aider à la cicatrisation... avec tes mains... comme je te l'ai appris. À distance d'abord, tant que la fracture n'est pas cicatrisée ; tu t'assures de la fluidité de l'énergie autour de la jambe. Plus tard, tu relanceras les micromouvements de l'os, le péroné est un os clé, on doit toujours s'assurer de sa mobilité.

— Bien, fit Olinka, un peu dépassée par le nombre d'informations qui lui était déversé. Et elle se leva.

Sur le chemin du retour, elle chercha à se remémorer les instructions données par la guérisseuse ; elle ne se faisait pas encore confiance, cette situation était totalement nouvelle pour elle, elle arrivait trop précocement ; elle n'était pas formée à cela ! Olinka, encore une fois, en voulait à Sarah. *« J'éprouve ceux que j'aime »,* lui avait répondu la femme, un jour. Et aujourd'hui encore, elle lui démontrait l'étendue de son amour !... Merci Sarah !

Quand elle entra, l'homme était assis, son visage était reposé :

— Voilà l'ange que le ciel m'a envoyé ! fit-il avec le sourire redouté.

— Je reviens seule, Sarah n'a pas voulu me suivre ; et l'homme perçut sa déception.

— Peut-être vous a-t-elle jugé apte à vous débrouiller seule ?!

— Oui, exactement, comment le savez-vous ?

— Parce que je le pense aussi. Et Olinka sut qu'il disait vrai.

— Alors, c'est parti ! fit-elle avec entrain et elle déballa pêle-mêle sur la table tout son bric-à-brac de sachets et de flacons !

— C'est avec ça que vous allez me soigner, fit l'homme amusé.

— Ben oui, fit-elle, comme si cette question ne se posait pas.

— Bon, puisque vous êtes mon ange, je suppose que je dois faire confiance aux remèdes du ciel !

— Non, ceux-là viennent tout simplement de la terre, rétorqua-t-elle ; elle ne savait pas s'il se moquait d'elle... et par conséquent de Sarah ou s'il était simplement d'humeur joueuse. Elle opta pour la deuxième probabilité, la première l'aurait blessée, non pas pour elle, mais pour le respect qu'elle portait à son amie.

— J'espère que vous aimez les tisanes !

— S'il le faut...

— Je mets la prêle à tremper et en attendant, je vais enduire votre jambe de cette huile.

— Qu'est-ce ?

— De la racine de consoude, macérée dans de l'huile d'olive.

— Des potions de sorcière, maintenant ! Où ai-je mis les pieds, fit-il en feignant l'air inquiet.

Olinka ne savait quoi penser, elle lui fit face et dit :

— Vous m'accordez votre confiance oui ou non ?

— Ai-je le choix ? fit l'homme amusé qui testait la confiance que la jeune femme accordait à sa pharmacopée.

— Non, fit-elle fermement.

Il avait gagné ! Olinka faisait preuve d'une nouvelle affirmation d'elle-même.

L'après-midi s'était écoulé, calmement, entre les soins, le feu et la cuisine. Le temps dehors n'engageait guère à la promenade ; Olinka descendrait demain faire le ravitaillement, pour le moment ils feraient avec les fonds de placard. Probablement, auront-ils bientôt la visite d'un des bergers, ils ne passaient pas une semaine sans monter voir les moutons. Combien de temps faudra-t-il au blessé pour récupérer le minimum d'usage de sa jambe ? Il n'en avait pas parlé, elle ne l'avait pas demandé à Sarah. Devait-elle avertir quelqu'un de sa famille, son amie, ses amis, son patron ?! Il n'en avait pas parlé non plus. Elle n'osait pas le lui demander. En fait, ils parlaient peu, se contentant des gestes efficaces et précis du quotidien.... En fait, ils s'observaient.

En fin d'après-midi, Olinka cessa son activité incessante dans la maison et s'assit enfin près de la cheminée. Elle repoussait depuis le matin ce moment d'intimité sans garde-fou ; elle sentait le regard de l'homme sur sa nuque ; elle feignait être absorbée par le feu.

— Merci, fit l'homme.

Elle se retourna vers lui et lui sourit.

Un silence embarrassant fit suite à cet échange et la jeune femme décida de le rompre.

— Est-ce que je dois avertir quelqu'un de votre accident ? Peut-être s'inquiète-t-on de vous ?

— Personne ne me cherche, la rassura-t-il, j'ai pris une semaine de congé... pour retaper une maison de village que j'ai acquis il y a peu de temps. Par contre, si je suis encore là dans dix jours !... et son regard se fit plus intense. Olinka détourna les yeux.

Ainsi, il avait une maison dans les environs ! pensa-t-elle. Et si... Elle frissonna. Ce pouvait-il que cet homme fut celui qu'elle cherchait ! Il ne semblait pas pressé de parler de lui, peu curieux de sa vie à elle... Si cet homme était celui de la chapelle, il connaissait déjà beaucoup de choses la concernant, cela pouvait expliquer la sobriété de ses questions ! Olinka avait maintenant trop chaud, elle s'écarta du feu.

L'homme dut sentir son embarras, il allait parler quand...

— L'homme de la chapelle, c'est vous ?

La voix comme un souffle, venait de lâcher le rivage et s'abandonnait au fleuve...

— Oui, c'est moi. On se connaît depuis longtemps... Olinka. C'était la première fois qu'il prononçait son prénom et elle ne se souvenait pas le lui avoir dit.

Ainsi, l'homme qu'elle cherchait lui était livré par la montagne ! Et la femme qu'il espérait lui était, elle aussi, envoyée par la montagne ! Elle fut encore une fois parcourue d'un frisson. Ce qu'elle venait de formuler par la pensée lui ravivait un étrange souvenir... Le texte ! Le conte qu'elle avait écrit ! Une nuit, cet hiver ! Rémi avait raconté l'histoire de Lagan, le fugitif de la préhistoire. Au seuil de la porte, il lui avait dit : « Maintenant, c'est à toi d'écrire la fin du conte. » Et elle avait écrit, une partie de la nuit, animée par une nécessité vitale de s'approprier cette histoire qu'elle voulait à tout prix mener à un heureux dénouement.

Sa voix soudain la surprit, elle s'était mise à raconter...

— *Là-haut dans le glacier, à bout de forces, Lagan avait souri au ciel ; ses yeux avaient cherché une étoile... celle de Lana. Et quand subitement le ciel s'était entrouvert laissant apparaître Vénus, la plus scintillante des étoiles, il avait chevauché l'aigle royal et s'était envolé à la rencontre de sa bien-aimée !*

Plus bas, une femme marchait dans la neige, haletante. Un groupe d'hommes la suivait. Ils le trouvèrent évanoui dans la cavité rocheuse qui l'avait abrité et probablement sauvé. Ils placèrent l'homme sur une litière de fortune et le ramenèrent ainsi au village. Durant trois jours et trois nuits, la femme veilla sur l'amour sauvé des neiges...

Au matin du troisième jour, l'homme ouvrit les yeux, mais le brouillard autour de lui était épais. Il entendait des voix, lointaines ; curieusement, il n'avait pas peur. Un frôlement, un souffle, une présence toute proche ; ses yeux s'ouvrirent à nouveau, le brouillard semblait se dissiper. Une chevelure... une femme ! Lagan ne comprenait pas. Était-il hôte du ciel ou de la terre ?! Sa main tenta de serrer une mèche qui s'échappa aussi vite qu'un filet d'eau, mais aussitôt, l'océan de cheveux tout entier se répandit sur son flanc, avec la délicatesse d'un oiseau.

— Lana ! Est-ce toi ? Où suis-je ? questionna-t-il.

— Tu ne risques plus rien, fit-elle en chuchotant, et sa voix avait la saveur de l'amour qui donne tout, englobe tout et engendre tout.

L'homme avait écouté, puis il avait tendu ses mains vers la femme ; les yeux mi-clos il l'avait amenée à lui.

Sur son torse, elle se posa ; par son cœur elle se laissa bercer, délicieusement. Un rouge-queue atterrit sur le rebord de la fenêtre ; l'oiseau migrateur chanta le bonheur de retrouver son nid.

• • • • •

Cela faisait bientôt quinze jours que Marc était parti. Les soins prodigués par la jeune femme s'étaient avérés efficaces au-delà de toute espérance ; l'homme avait pu rejoindre la vallée au bout d'une semaine, aidé par deux fils à Rémi. L'un d'eux l'avait ramené à Valloire en voiture et depuis lors, Olinka n'avait pas d'autres nouvelles. Devait-elle en attendre, d'ailleurs ?!... Ils ne s'étaient rien promis !

La solitude était lourde à porter et Olinka n'y tenant plus décida de rejoindre Sarah, la nécessité de parler était trop pressante.

— Mais pourquoi ne m'as-tu pas parlé de lui, si tu savais !

— Si je savais quoi ?!

— Pour la chapelle...

— La chapelle !... Je ne savais pas vraiment... Les gens en parlait... J'ai entendu dire qu'il avait soigné quelques personnes à Villard d'Arène, généreusement, il n'a pas de cabinet ici, il est installé sur Valloire... Il travaille bien, je crois... Il cherche, c'est bien, au moins il pourra apprendre ! conclut-elle.

Ainsi, Marc était médecin ! Il ne le lui avait même pas dit ! Et elle l'avait soigné avec des huiles et des tisanes... C'était trop drôle !

Puis Sarah, comme en prise avec des révélations intérieures, rajouta :

— Il lui faudra faire acte d'humilité, accepter de perdre certaines choses pour en trouver d'autres, bousculer ses certitudes, ses croyances ! Tu devras l'aider sur ce chemin... Le feu qui embrase devra accueillir l'eau qui révèle !

Il faisait beau ce matin et Sarah s'apprêtait à sortir pour cueillir des herbes. Olinka l'accompagna et les deux amies se retrouvèrent à arpenter chemins et talus.

— Tu vois ces feuilles en forme de grosses pattes ! Ce sont les feuilles caractéristiques de la berce ; avant que sa grande ombelle blanche devienne le parasol préféré des enfants, on cueille ses bourgeons. Regarde ! ce sont ces bulbes à la base des feuilles.

Sarah ouvrit le bulbe et Olinka y découvrit « un petit brocoli » sagement emmailloté !

— Ramassons-les, c'est juste le moment ! Ce soir je te fais goûter le gratin de berce, tu m'en diras des nouvelles.

Elles se mirent à explorer les bordures des prés et les abords du chemin à la recherche de la grande berce qui ne tarderait pas à dépasser en taille toutes les autres fleurs des champs.

— *« Si tu manques de choux pour envelopper les genoux, pense à la berce pour soulager la Berthe ! «* se mit à chantonner Sarah.

— La Berthe a des mains qui ressemblent à ces feuilles ! fit Olinka amusée.

— C'est exact, répondit la femme qui avait déjà fait le rapprochement. C'est pour cela que je préfère utiliser cette plante plutôt que le chou ou l'argile pour calmer ses crises d'arthrose !

— Penses-tu que, dans la nature, nous avons tous une fleur qui nous ressemble et peut nous aider ? demanda Olinka songeuse.

— J'en suis persuadée et je l'ai expérimenté à maintes reprises ; mais cette fleur peut changer selon les étapes de notre vie.

— À quelle fleur penses-tu que je sois liée ? s'enquit Olinka.

— C'est à toi de la découvrir ; tu as le printemps et l'été pour la rencontrer !

Les deux femmes partageaient équitablement connaissances et confidences :

— Et Rémi le connaît-il ? questionna la jeune femme qui régulièrement revenait à l'homme qui ne cessait de hanter son esprit, son cœur... et son corps !

— Rémi le connaît depuis longtemps, d'après ce que j'ai cru comprendre. Je n'habitais pas encore ici, mais je sais que le gosse venait l'été avec sa grand-mère, la femme devait avoir 55 ans, elle était sportive, très séduisante encore et Rémi n'aurait pas été insensible aux charmes de la montagnarde aguerrie qu'elle était !

— Ah ! fit Olinka que ces révélations désorientaient.

Décidément, il fallait qu'elle interroge Rémi, l'homme semblait en savoir plus qu'il ne le laissait paraître !

Elle décida de remonter à l'alpage.

Des sonnailles et des bêlements la tirèrent de ses pensées. Le troupeau s'étendait en une large bande beige sur le versant des pâturages qui lui faisait face. Il avait dû passer le col durant la nuit et découvrait, ce matin, l'herbe grasse du versant nord.

Elle sortit ses jumelles et reconnut la silhouette puissante du vieil homme !

— Rémi ! s'exclama-t-elle, heureuse de le trouver si facilement.

La marée blanche se déplaçait lentement dessinant de multiples combinaisons. Olinka, fascinée par ces mouvements qu'elle connaissait bien et qui pourtant exerçaient toujours sur elle un même émerveillement, admirait aussi le travail du berger : un ordre lancé, précis comme un coup de bâton ; un chien bondit, vif comme l'éclair. Il parcourt en quelques bonds le rivage laineux et rabat vers le centre du troupeau, les moutons dispersés. Olinka croit assister au ressac de la marée qui vient se fondre en quelques ondes vigoureuses dans la masse blanche de l'écume ! Travail propre, rapide et le calme s'installe à nouveau.

Le troupeau descend ; va-t-il passer le pont et rejoindre l'autre versant ou tout simplement boire au torrent ? Elle les rattraperait là-bas ; elle accéléra l'allure.

Le berger respectait le rythme de ses bêtes ; un travail d'écoute, de patience, d'observation intense.

— Un œil devant, un œil derrière ! pensa la jeune femme qui savait discerner la vigilance constante malgré l'apparente nonchalance.

Cet homme solitaire errant au rythme des sinusoïdes tracées par le troupeau, maîtrisant l'art de se placer, d'attendre et d'agir quand il le fallait, la fascinait.

Les flancs entiers de la montagne étaient son domaine, rien n'arrêtait son cheminement, ni col, ni torrent, il passait, contournait, avançait toujours, dans le sillon de ses pères lointains qui ne connaissaient ni buts ni arrivées mais seulement des chemins sillonnés de générations en générations ! Olinka rêvait.

Le monde s'est figé et les nomades ont disparu ; les mouvements des prés et des chemins se sont arrêtés ; seuls les nuages étirent encore leurs troupeaux de moutons dans le ciel ! Et la terre en-dessous n'est plus qu'un triste fossile sec et bureaucratisé, vidé de sa substance vitale. Olinka se refermait.

— Rémi ! appela-t-elle avec entrain.

L'homme se retourna et la reconnut de suite.

— Olinka ! Que fais-tu là ? fit le vieil homme surprit et visiblement heureux.

— Je te cherchais, fit-elle sans manières.

— Cela fait longtemps que je ne t'ai pas vue ; j'ai su pour Marc, mes fils m'ont raconté.

— Rémi, fit la jeune femme embarrassée, il faut que tu me racontes.

— Que je te raconte quoi ? fit l'homme mal à l'aise, sentant bien que cette fois, il ne pourrait pas s'en tirer avec un conte, une légende ou autre pirouette !

— Tu connais Marc depuis longtemps. Tu ne m'as jamais parlé de lui ! Pourquoi ?

L'homme ne répondit pas. Un ordre sec lancé au chien fidèle, une vague laineuse à nouveau ; l'homme fuyait.

— Asseyons-nous là un moment, finit-il par proposer à la jeune femme.

Rémi parlait depuis un moment, les yeux fixés dans le lointain de ses souvenirs, la femme écoutait les confessions douloureuses.

— Comment était-elle ? demanda la jeune femme, doucement.

— Dure ou douce, selon la lumière du jour... Sauvage... Tu lui ressembles. Au contact de la montagne elle devenait vraiment elle-même et se mettait à lui ressembler, continuait Rémi, elle avait la passion de l'alpinisme, elle faisait des courses tout l'été. Tout comme la montagne, elle ne se donnait pas aisément, il fallait l'apprivoiser !... Le jeune Marc restait avec moi, il m'accompagnait aux champs, m'aidait à faucher. Avec moi, il apprenait la vie des alpages et des hommes ; avec elle, celle des chemins et des altitudes... Le petit a vite compris que la montagne ne se donne pas, mais se gagne !

— Quel âge avait-il ?

— Huit ans l'année où je l'ai connu ; ils sont venus régulièrement pendant quatre ans, et puis... plus rien... ou plutôt une seule fois. Il devait avoir quinze ans peut-être quand il est revenu... tout seul. Je sais qu'il a cherché à me voir, mais j'ai fui la rencontre. J'ai eu un mauvais pressentiment, depuis quelque temps le souvenir de sa grand-mère m'obsédait, j'ai de suite pensé que le petit venait me dire sa disparition... je n'ai pas pu entendre. Je sais qu'il a acheté au pays dernièrement et qu'il attend notre rencontre, cela se fera bientôt, je le pressens.

— Et elle ? Tu ne l'as donc jamais revue ?

— Non, jamais.

Et Olinka sentit la blessure, profonde et vive, encore ; elle ne posa plus de questions.

• • • • •

De deux devenir un...

En quittant Rémi, la jeune femme n'était pas rentrée chez elle, comme elle pensait le faire. Elle avait traversé le pont de bois et s'était arrêtée en son centre. Là, elle avait regardé l'eau couler... longtemps.

Fascinée par l'eau virulente canalisée par les berges profondes et sûres, elle se mit à penser que si l'eau pouvait se laisser glisser si généreusement, c'était grâce aux berges qui la délimitait...

Elle ne sut pourquoi, à ce moment-là, elle ne traversa pas le pont dans le sens où elle l'avait prévu ! Elle rebroussa chemin et prit la direction de la petite chapelle. Elle passa devant l'endroit où, tout au début du printemps, elle avait regroupé ses pierres... Que de choses s'étaient passées depuis ! Et son cœur se serra en pensant à Marc.

Ils avaient partagé une semaine de vie hors du temps dans la bergerie d'alpage ; quelques fois, elle se demandait si elle n'avait pas rêvé cette rencontre !

Ils s'étaient reconnus, instantanément... elle le savait maintenant. Pourtant, elle avait eu peur, peur de voir l'amour en face, peur de lui faire face ! Et aujourd'hui, elle devait s'avouer que ses craintes n'étaient pas évanouies, peut-être même étaient-elles plus intenses encore ! Et si l'homme s'était joué d'elle ! et s'il ne revenait pas ? Son amour propre craignait la blessure... Il était plus facile de se préserver de l'autre que de s'y abandonner. Olinka avait pris un risque qu'elle ne maîtrisait pas ! Elle n'aimait pas ça. Elle pensa à l'eau : féconde, généreuse, toute orientée dans une même direction, joyeusement fluide et abandonnée... Elle avait compris les berges qui canalisaient l'eau lui donnant sens et puissance et se demanda quelles étaient les berges qui canalisaient la femme, la libérant de ses peurs et donnant sens à son existence ?

Lui vint alors à l'esprit, l'image du caducée ou bâton d'Hermès, symbole de la médecine. Il représentait un axe vertical autour duquel s'enroulaient et se déroulaient deux courants d'énergie complémentaires. Quel était l'axe autour duquel elle accepterait de s'ouvrir, de se dérouler, d'éclore !

Elle devina bientôt au loin le petit bosquet de mélèzes qui abritait la chapelle – elle n'osait plus dire « sa » chapelle – et aussitôt, ses pensées s'allégèrent, laissant place à une allégresse intérieure. Qu'il était bon de revenir ici ! Comme chaque fois, elle s'y sentait attendue ! Rien n'avait bougé depuis la dernière fois où elle était venue ; elle se souvenait de sa rage contre les « voleurs de pierres », puis de sa stupeur devant le mur tout neuf. Maintenant, elle en caressait à nouveau les pierres, elle les reconnaissait toutes, comme des amies choisies avec attention ! Il faisait bon contre les pierres et Olinka tarda à entrer dans l'atmosphère sombre et poussiéreuse de la petite chapelle. Inconsciemment, elle attendait que le soleil se faufile par le vitrail ; la lumière du soleil était tellement plus chaleureuse quand elle se glissait dans l'ombre !

Comme chaque fois qu'elle entrait dans la chapelle, elle sentit tomber ses liens ; elle se délestait. C'était une sensation subtile qu'elle ne pouvait expliquer, mais le passage du dehors au dedans, du profane au sacré était ici particulièrement marqué.

D'instinct, elle enfouit sa main dans la poche de sa veste à la recherche de son chapelet. À son contact, elle se rappela Giovana et ses premières prières furent pour elle. Elle confia sa vieille amie à Marie de Magdala qui subitement se mit à sourire ; le soleil venait de la caresser ! Olinka debout au centre de la chapelle recevait comme au premier jour les couleurs du vitrail ; elle se laissa parer de féminité et tout doucement se mit à danser avec le bleu, le jaune, le vert et le rouge. Elle découvrait les chemins secrets qui la menaient vers Dieu de manière unique.

Elle s'interrompit sentant une présence derrière elle. Un homme, dans l'encadrement de la porte la regardait. Marc !

Olinka surprise dans son intimité se figea. L'homme ne bougea pas. Ils se regardèrent et le temps s'arrêta.

L'homme se détacha de la porte et pénétra dans la chapelle, devenue plus petite encore, en présence de la haute stature ; il s'avança vers la femme comme il s'avançait probablement, à d'autres moments, vers la sainte. Olinka sentit les mains, longues et fermes sur son visage, dans ses cheveux, le long de son cou... Les doigts jouaient à leur tour avec les couleurs, et le corps de la femme devenait flamme !

Doucement, docilement, comme un petit animal sauvage, elle se laissa apprivoiser et s'abandonna dans ses bras. Ils restèrent enlacés et n'osèrent plus bouger, l'équilibre était parfait ; ils étaient chemin entre la terre et le ciel.

— Tu es solide et dense comme les berges du torrent, dit la femme.

— Et toi, tu es transparente et fluide comme l'eau ! répondit l'homme.

Et il ne put, à ce moment précis, lui faire plus beau cadeau que ces mots.

• • • • •

— J'avais quinze ans... Marc marchait légèrement en avant, Olinka dans ses pas attendait les révélations qui lèveraient le voile sur la singularité de leur rencontre. Marc continuait de parler, il regardait loin devant lui :

— Ma grand-mère venait de mourir, mes parents étaient en instance de divorce, je me suis enfui. J'ai pris le train jusqu'à Grenoble, puis le car jusqu'à La Grave, et enfin mes pieds qui retrouvaient leur fonction vitale. Je voulais retrouver Rémi. Je savais pour lui et ma grand-mère, elle s'était confiée à moi quelques jours avant cette course dans les Grandes Jorasses qui lui fut fatale... Je n'ai pas trouvé Rémi, j'ai trouvé un autre homme cet été-là ! Il était plus haut, bien plus haut dans les patûrages d'altitude, il avait peu de bêtes et vivait dans une cabane de pierres, il ne descendait presque jamais ! Je crois que les gens d'ici le craignait un peu. Il était différent...

— Jean ! fit Olinka

— Oui, c'est ainsi qu'il se nommait, tu le connais ?! fit Marc s'arrêtant de marcher sous l'impact de la surprise.

— Tu avais quinze ans, j'en avais huit, c'était la même année ! fit Olinka les yeux perdus dans le vide du ciel.

— Quoi ?

— La même année, répéta la jeune femme, comme pour elle-même, et découvrant le regard interrogateur de l'homme, elle expliqua :

— J'avais huit ans quand j'ai rencontré Jean pour la première et unique fois... Je... je crois qu'il a guidé ma vie, fit-elle troublée... Je suis certaine qu'il m'a ramenée ici... Crois-tu que... elle hésita devant l'évidence... crois-tu qu'il nous aie rassemblés ? termina-t-elle, fébrile. Et elle pensa à son bâton, jamais il ne l'avait quittée, même dans le petit appartement parisien.

L'homme ne répondit pas. Il prit ses mains dans les siennes et l'approcha de lui. Quand ils furent très près l'un de l'autre, il prit son visage entre ses mains comme il aimait le faire, il s'abreuva à la source vive de sa bouche et plongea dans ses yeux, couleur de l'infini du ciel. Le ciel, alors, devint trouble et une larme de pluie coula sur la joue aimée ; l'homme regarda encore la femme, si belle dans sa fragilité dévoilée, et doucement, avec une infinie délicatesse, lécha la larme perlée.

• • • • •

— Sarah ! fit Olinka excitée.

— Qu'y a-t-il ? demanda la femme peu habituée aux débordements émotionnels de sa jeune amie.

— Marc a connu ton père, il a connu Jean !

— Ah bon ! Mais comment ? questionna la femme intriguée. Elle fit asseoir Olinka et s'assit en face d'elle. Quand l'a-t-il rencontré ?

— La même année que moi... le même été... fit la jeune femme qui ne pouvait cacher son exaltation. Il est resté deux semaines auprès de Jean, puis il est reparti. Il a laissé son bâton... Un beau bâton taillé, qu'il avait sculpté avec le couteau de Jean... Ce bâton !

Et elle tendit à la femme le bâton qui ne la quittait jamais, offert par Jean le jour de leur rencontre !

Sarah avait écouté en silence, recueillie. Elle connaissait bien le bâton d'Olinka ; elle tendit la main et le prit, caressa doucement le grain du bois. Elle aussi, des années plus tôt, avait sculpté son bâton avec le même couteau, signe de confiance absolue.

Ainsi, Jean avait tissé le destin de ces êtres... Elle l'avait déjà deviné... Plus ou moins. Leur part de liberté était de se rencontrer ! Qu'attendait-il d'eux ? Et elle ?! Quelle part lui restait-il à jouer, maintenant que ces deux-là s'étaient trouvés ? Beaucoup de questions qui ne trouveraient réponse que dans la méditation ! Sarah partirait marcher plusieurs jours... Seule la montagne, dans son silence habité, pourra lui livrer les signes qu'elle attend.

Olinka observait la femme, étonnée du trouble qui semblait l'envahir. Elle respecta le silence empli d'une présence qu'elles avaient déjà ressentie... une nuit d'hiver... dans la maison sombre du hameau esseulé... au bout de la piste enneigée.

• • • • •

Sarah était partie ; elle avait quitté la maison au petit matin avec son sac à dos et... son bâton. Olinka avait compris. Elle savait aussi qu'il était temps pour elle d'affronter cette autre forme de solitude : celle du manque de l'autre !

Un, deux, trois... et puis s'en va ! Marc était déjà reparti et Olinka plus seule que jamais ! Dans une semaine, il s'envolerait pour Bishkek, la capitale de la Kirghizie. Olinka ne connaissait pas ce pays, ancienne république soviétique, aux frontières de la Chine. Marc avait expliqué : les grandes steppes d'Asie centrale, le peuple nomade vivant en osmose avec la nature, les sommets inviolés de la chaîne des Tien Shan, les Monts célestes... Il partait avec un ami qui partageait avec lui l'amour de la montagne et le désir de soigner au-delà de ses propres frontières. Des confrères les remplaceraient aux cabinets. Dans deux mois, ils seraient de retour...

Olinka avait pris à son tour le chemin des crêtes. Comme Sarah, elle serrait très fort... trop fort... son bâton dans sa main ; elle ne voulait pas pleurer.

Dans deux heures environ elle serait chez elle.

• • • • •

La jeune femme assistait, attentive, sans bruit et sans geste aux va-et-vient de deux bergeronnettes qui assuraient le ravitaillement de leur progéniture. Depuis son retour, Olinka se laissait flotter... entre terre et ciel... sans trouver le lest nécessaire à son atterrissage ! En avait-elle envie d'ailleurs ?! Les tourments de l'amour ne cessaient de s'immiscer dans chacun de ses actes les plus ordinaires. Seule la nature savait encore capter son esprit, l'arrachant malicieusement à son vague à l'âme... Le nid ne pouvait être que dans les pierres du mur, pensa la jeune femme, probablement sur la face est de la maison, là où quelques pierres manquaient. Entre deux convoyages de vers de terre, elle risqua un œil indiscret en direction des pierres manquantes ; à deux mètres environ du sol, cinq petits oisillons maigrelets s'entassaient dans un nid, ils étiraient à tour de rôle leur long cou déplumé au bout duquel s'ouvrait un bec démesuré ! Olinka assistait à une sorte de ballet contemporain... même la musique était cruellement dissonante ! Elle ne put se retenir de pouffer de rire... enfin !

Étrangement, le rendez-vous quotidien avec les oisillons et l'attention qu'elle portait désormais au travail incessant de la mère pour nourrir sa progéniture, lui firent reprendre pied dans la réalité des choses. *« Seuls les actes libèrent la providence »,* lui avait dit un jour Sarah quand elle hésitait à s'engager dans la rénovation de la chapelle. Olinka devait se l'avouer, depuis le départ de Marc, elle subissait passivement sa vie. Elle ne voulait pas cela et lui non plus probablement.

Aujourd'hui, Olinka était d'humeur à se moquer d'elle-même : cette maman oiseau avait d'autres urgences que ses états d'âmes personnels !

À l'exemple de la nature, Olinka décida de se quitter elle-même et de laisser fleurir la fleur, faisant confiance pour cela à l'été qui s'annonçait.

Été...

Le soleil était encore haut dans le ciel ; indéniablement, les jours s'allongeaient. Olinka s'enfonça à travers champs ; bleuets, trolls et narcisses se partageaient les prés en tapis bleus, jaunes et blancs. Le parfum des narcisses était le premier chant de l'été et la jeune femme se réjouissait d'en faire un bouquet. « Les fleurs sont parées de leurs plus belles robes, on dirait qu'elles vont au bal ce soir ! Et les insectes butineurs leur tournent déjà autour ! » remarqua-t-elle en riant. Une brise légère faisait danser les belles qui rivalisaient de talent, éclatantes de finesse et de charme. Olinka s'assit auprès d'une touffe de narcisses et se laissa presque aussitôt glisser à terre, envoûtée par le parfum sauvage ; elle se fondit alors dans les herbes hautes, fleur, parmi les fleurs.

La jeune femme restait songeuse, la vie des femmes-fleurs la touchait personnellement ; à les côtoyer, elle découvrait sa propre féminité mais aussi sa trop grande fragilité. Quelque chose en elle refusait encore de s'ouvrir, une inhibition retenait ce déploiement sensuel, comme une fleur aux pétales trop fragiles, qui aurait peur de dévoiler sa beauté. Peur d'être piétinée ? Peur de ne pas être reçue ? Peur d'éclore, tout simplement !

En inspirant une grande bouffée de senteur, elle demanda aux fleurs de la guider sur les sentiers parfumés de la douceur.

Elle marchait seule sur le chemin des hameaux silencieux, son bouquet de fleurs précieusement serré contre son cœur. Le jour cédait subtilement sa place à la nuit. La lune, dans le ciel encore bleu, s'était glissée dans une mousseline blanche et transparente... Le soleil respectueux, s'effaçait derrière la montagne et la Meije s'adoucissait en se parant de rose, coquette en robe du soir, prête à sombrer dans ses rêves de nuit.

Il y avait des heures de la journée plus intenses que d'autres ; il y avait des heures publiques et des heures intimes ! Celles-ci semblaient s'adresser à elle tout particulièrement, comme si elles avaient quelques secrets importants à lui transmettre.

La jeune femme était à l'affût. Elle sentait les herbes des talus se tendre vers elle au passage, comme pour lui susurrer un secret. Elle ne voulait pas les décevoir avec une oreille non attentive. Il est toujours vexant de vouloir donner et de pas être reçu ! Même les fontaines et les sources avaient changé de mélodie ; elles semblaient chanter une berceuse pour les saules attendris et pour les murs de pierres qui entraient doucement dans le sommeil de leur maisonnée...

Sa marche actionnait le film qui se déroulait devant ses yeux et les couleurs changeaient de minute en minute ! La Meige coquette ne cessait d'essayer toute une gamme de robes, hésitant entre celle couleur d'aubépine ou celle couleur d'astrance ; un nuage en écharpe et la lune en diamant, la belle se parait pour quelques amants laissés dans la vallée qui levaient vers elle un regard de convoitise, attendant patiemment l'heure d'être comptés parmi les élus !

Olinka était le témoin ravi de ce jeu très féminin.

Les fleurs cet après-midi, la Meije ce soir ! L'appel était clair.

Olinka choisit une jupe longue, très fluide qui lui caressait les jambes à chacun de ses pas. Elle se sentait légère et douce, comme un pétale de coquelicot. Elle troqua ses chaussures de marche contre des sandales souples et solides à la fois.

Elle laissa ses pieds nus apprivoiser la fraîcheur tonique du torrent, puis releva sa jupe pour y glisser ses cuisses, enfin, n'y résistant pas, elle enleva sa jupe par la tête, se déshabilla entièrement et s'allongea dans l'eau bouillonnante du torrent. Les rochers chauffés par le soleil accueillirent son corps frissonnant, et l'air, comme une caresse, le fit frémir.

Olinka se rhabilla ; la jupe collée contre ses jambes encore humides laissait deviner le dessin de ses cuisses longues et fermes. La jeune femme, d'un geste léger, jeta sa culotte dans le panier et disparut, d'un pas alerte, à travers champs.

Elle choisit un endroit sec abrité de l'air et s'allongea dans les hautes herbes ; non loin de là, elle entendait le petit ruisseau qui se hâtait de rejoindre le torrent, il semblait couler à ses côtés et ce fut bientôt comme s'il s'écoulait en elle. Elle ferma les yeux et le guida par la pensée au sein de son corps. Il s'écoula le long de ses jambes, tourbillonnant à l'intérieur de ses hanches, puis remonta le long de son dos, se répandant sous le sacrum en une nappe d'eau calme et bienfaisante... Olinka guidait le flux imaginaire à volonté, sentant se dilater au passage, tous les espaces intérieurs de son corps. Ses jambes s'ouvrirent imperceptiblement.

Quand l'onde arriva à l'intérieur de ses cuisses, il suffit à la jeune femme de déverrouiller mentalement ses genoux pour que le torrent tout entier vienne se déverser dans son bassin. Son ventre se mit à brûler, son sexe à enfler sous la pression du désir qui montait ; une seule caresse entre les jambes et elle exploserait ! Elle attendit pourtant, se délectant de ces quelques secondes de tension extrême avant le déversement. Elle guida sa respiration dans le bas de son dos, puis dans son diaphragme consciente d'ouvrir les portes à l'onde de la jouissance. Enfin, elle se décida. Sa main glissa le long de son ventre, rencontra le tissu souple de la jupe, hésita un instant : passer dessous ou rester dessus ? Le tissu léger, collé à la peau aviva son désir, elle laissa son doigt glisser sur le tissu à la recherche de la perle gonflée et saillante. Le premier contact la fit tressaillir... elle enleva son doigt immédiatement... elle n'aurait jamais cru être prête à ce point ! Elle savait que le deuxième attouchement lui serait fatal, elle s'en délectait et jouait maintenant avec le tissu de sa jupe, créant de légères pressions à distance. À chaque fois, c'était une décharge électrique, brève, prometteuse. Elle décida du bouquet final et laissa son doigt tapoter doucement le bouton gorgé de désir ; comme sous l'effet d'un code secret, l'onde du plaisir éclaboussa son ventre, dévala ses cuisses et remonta le long de son dos ; Olinka resta stupéfaite devant un tel déferlement, ses yeux écarquillés restèrent longtemps noyés dans la vague de la jouissance.

Elle remercia l'été, les fleurs et le ruisseau ; se tourna sur le ventre offrant au ciel ses fesses rondes et fermes, impudiques sous le voilage presque transparent de la jupe, et s'endormit.

Plus tard, quand le soleil déclinant la fit frissonner, la sortant de son sommeil, elle s'assit dans l'herbe froissée de ses ébats et ne s'étonna pas quand un papillon vint se poser sur sa main, suçant de-ci de-là la saveur de sa peau. Un deuxième puis un troisième papillon vint se poser à son tour... Les papillons connaissaient-ils l'odeur du plaisir ? Et elle se rappela les femmes fleurs !

Soudain, l'orage éclata avec colère, poussant le ciel du bleu au noir comme savaient si bien le faire les orages d'été ! Olinka ne tarda pas à entendre les pas précipités des promeneurs qui se hâtaient vers la vallée. Certains interceptaient au passage une avancée de toit pour se mettre à l'abri, d'autres accéléraient l'allure et les pierres roulaient sous leurs souliers pressés.

Les marcheurs redoutaient l'orage qui mettait leur sécurité en péril, et la pluie qui dégoulinait dans leur cou ! Les paysans regardaient le ciel se couvrir d'un air grognon en pensant au foin qu'ils n'avaient pas rentré ! Olinka, quant à elle, se réjouissait.

Après les premiers coups de tonnerre, elle s'assura que le flux des promeneurs était passé, se déshabilla, laissant ses vêtements pêle-mêle dans l'herbe mouillée et ouvrant les bras et la bouche vers le ciel, elle s'offrit à l'eau qui glissait sur sa peau et coulait entre ses lèvres. Elle traversa le chemin pour rejoindre un grand champ nouvellement fauché. Appelée par cette étendue sauvage, elle se mit à courir. Ses longues jambes fuselées se déployaient de plus en plus vite, elles redécouvraient l'agilité et la joie de l'enfance, s'étonnaient de la grâce et de la puissance de la femme... Olinka était aussi belle qu'un animal en fuite !

• • • • •

— Respire dans tout ton corps, ton souffle doit y circuler sans obstacle, puis reviens au ventre... Passer par le ventre, c'est intégrer, assimiler, digérer les événements, les émotions, les mémoires qui reviennent à la surface. N'est-ce pas le rôle de l'intestin ! Il est notre terreau, c'est en lui que nous sommes plantés ! Revenir à lui nous permet de nous digérer véritablement !

Sarah était revenue et Olinka se réjouissait de la présence de son amie. Sarah avait observé la jeune femme et visiblement satisfaite de la mutation en cours, elle avait repris son enseignement. De son côté, Olinka avait perçu chez la guérisseuse une détermination nouvelle, une force croissante... Quelles révélations avait-elle puisées dans la montagne durant son court exil ?

Dans le pré, au-dessus de la maison, elles travaillaient :

— Quand tu es allongée sur le dos, tu peux imaginer que tu te poses dans quatre soucoupes : l'occiput en haut, le sacrum en bas et de chaque côté, les deux omoplates.

— Ça forme une croix ! remarqua la jeune femme.

— Ce sont les deux directions dans lesquelles l'homme s'inscrit : la verticale qui est le chemin de Dieu et l'horizontale qui est le chemin du monde.

— Et que dois-je faire des quatre soucoupes ?

— Si tu laisses ton corps fondre et répandre sa part équitable dans chacune d'elle, alors, tu créés l'équilibre autour du centre exactement comme une balance. Tu reviens au Un, à l'unité du centre. La santé de l'Être est dans son unité.

— Et les deux chemins ?

— Ils deviennent passage et mouvement, animés de bas en haut et de droite à gauche ; ils intègrent en un seul point, l'espace et le temps : la terre et le ciel, le passé et l'avenir...

La jeune apprentie tenta de s'enfoncer dans ses quatre réceptacles, elle commença par le sacrum qui ne résista pas et l'accueillit tout entière ; elle se rappela que les autres points cardinaux de son corps attendaient aussi leur part et tenta de s'ancrer dans son occiput ; celui-ci céda avec moins de facilité ! Il portait la tête... Olinka ne perdait pas si facilement sa tête !

Quand elle en vint aux omoplates, elle se confronta à une difficulté qu'elle n'avait pas imaginée... Ses omoplates ne se déployaient pas !

Soudain, une fébrilité s'empara d'elle, une vague de chaleur la traversa et son sternum sembla pétiller de l'intérieur ; ses yeux s'embuèrent et des larmes se mirent à couler... La tristesse déchirait le voile de pudeur, le trop-plein s'écoulait de la brèche ouverte et Olinka l'offrait avec confiance à l'amie.

Ce soir-là, seule dans la nuit silencieuse, elle dansa un texte qu'elle venait d'écrire l'offrant à la voûte étoilée qui inondait le ciel...

Mes omoplates tentent de se déployer
comme deux ailes qui pourraient m'envoler !
Mais mes craintes sont si grandes...

Que gardent-elles dans leur filet
mes rages, mes colères
elles crient à la douceur, à la rondeur

Je frappe à leur porte close
je perçois l'espace infini
les sinusoïdes dans le vaste océan
le dos qui s'ouvre et l'onde qui monte

Mes omoplates ont peur
peur d'accueillir et peur d'enlacer
peur de grandir et peur de s'envoler

Quand mes bras se déploieront
j'embrasserai la vie,
j'accueillerai le monde
et j'engloberai l'espace

Comme deux ailes d'oiseau
comme deux nageoires dans l'eau
je m'envolerai par-delà le monde

Et dans ses bras trop étroits, le ciel se faufila. Entre l'infiniment petit et l'immensément grand, l'arc-en-ciel se déploya. Dans la douceur des tons pastels, la femme se révéla.

• • • • •

Le grand labour...

Ce matin-là, beaucoup d'animation régnait autour du nid. Les parents ne cessaient de voler de pierres en pierres et de lauze en lauze en poussant de petits cris stridents.

— Pourquoi cet affolement soudain ? se demanda la jeune femme.

Soudain, une petite boule de plume se présenta dans l'encadrement de la pierre manquante. Comme ils ont grandi ! s'exclama Olinka, et tout à coup, le petit oiseau prit son premier envol ! Papa et maman piaillèrent de contentement. Petit oiseau encore tout surpris par son audace, se posa maladroitement à leur côté. Olinka était ravie. C'est ainsi qu'elle fit la connaissance de : Jojo le téméraire, Patouf le balourd, Lili le moustique, Totoche la pétoche ! Il en manquait un ! Elle se hissa le long du mur, se servant des pierres comme prises et découvrit dans le nid désormais abandonné, un petit oisillon qui n'avait pas su se battre pour manger. Il gisait, seul, au fond du nid... Les lois de la nature étaient dures, les lois de la nature étaient simples... Olinka prit le petit oisillon mort et l'enterra.

La jeune femme allait se coucher quand elle entendit quelqu'un s'approcher de la maison.

Trois petits coups...

« C'est Sarah ! » pensa-t-elle instantanément ; pourtant, l'heure était tardive et ce n'était pas dans les habitudes de son amie de lui rendre visite si tard !

La jeune femme, inquiète, descendit ouvrir.

— Que fais-tu là à cette heure ? s'enquit Olinka en ouvrant à son amie.

— Tu t'apprêtes à te coucher, mais il n'est pas l'heure ! Couvre-toi bien et suis-moi ! lui répondit celle-ci sans autres explications.

Olinka croyait connaître Sarah mais c'était sans compter sur toutes les facettes de la femme !

Sur ses gardes, elle prit un pull-over chaud et sortit, suivant Sarah dans la nuit. Elles marchèrent un moment en silence et Olinka se rappela la marche de nuit, cet hiver, dans la neige... sur les traces de Jean... en la mémoire de Jean...

La voûte céleste, au-dessus des deux femmes, allumait ses feux.

Sarah rompit le silence :

— Cette nuit, les étoiles t'attendent, elles brillent pour toi...

— M... mais, balbutia Olinka, qui commençait à comprendre, quel jour sommes-nous ?

Elle n'eut pas de réponse et n'en avait pas besoin, elle avait deviné... Son anniversaire ! Elle avait oublié, Sarah s'était rappelée !

Elles avançaient toujours, éclairées sobrement par une lune encore discrète. Olinka sentait le trouble l'envahir ; comment était le ciel la nuit de sa naissance ? Ne le saurait-elle jamais ! Elle avait rompu les liens avec sa mère, et son père était parti du côté des étoiles... Personne pour répondre à ses questions ! Elle se sentit soudain submergée de tristesse, son cœur d'orpheline pesait lourd ! Pourquoi Sarah était-elle venue réactiver ces blessures ? Olinka sentit sa gorge se serrer... Le petit oiseau... ce matin... dans ses mains. Elle lutta un moment mais la peine était trop grande, elle s'assit sur le chemin, laissant Sarah prendre de l'avance, et la tête entre les bras se mit à pleurer douloureusement dans la profondeur de sa nuit.

Elle était née une nuit, entre les murs blancs d'un hôpital, sous la lumière d'un néon, témoin désabusé de sa venue au monde ! Elle avait pleuré sa rage et trouvé le sein peu consolateur... Comment sa mère aurait-elle pu aimer, ce jour-là, ce petit être en détresse au visage tuméfié et désespéré qui venait de lui déchirer les tissus ! Pourtant, l'une avait cru être aimée et l'autre avait cru aimer, sincèrement... Mais sa mère n'avait, en fait, été toute sa vie, qu'une enfant blessée, en détresse, se consolant auprès de son bébé-poupée.

Et elle ! Quelle mère serait-elle ? Ses souvenirs s'animaient dans sa tête comme autant d'étoiles dans le ciel !

Son ventre fut pris de spasmes... il y eut un temps d'arrêt. Puis soudain, le petit oiseau mort... à nouveau... comme une obsession... Elle comprit. Le bébé qu'elle a été, à peine en vie et déjà un peu mort ! Le bébé qu'elle a rejeté, mort alors qu'il désirait la vie ! Et peut-être d'autres encore... Le frère qu'elle a toujours attendu et qu'elle n'a jamais eu ! Olinka se jeta dans l'herbe, sur le bord du chemin ; sa peine trop lourde, elle allait la déverser... enfin !

— Olinka !

C'était la voix de Sarah ; elle avait prononcé son prénom avec une telle douceur que ses os en tressaillirent.

— As-tu vu le sourire des étoiles ? L'amour véritable n'est pas de ce monde, il appartient au ciel. Sarah lui caressait doucement les cheveux comme l'aurait fait Marc. Toute ascension se nourrit d'une douleur dépassée, lui disait l'amie ; monter, c'est se dépouiller. Nous sommes tous appelés un jour au grand labour, mieux vaut tôt que trop tard. Offre au ciel ton asphyxie et respire tes souffrances, elles deviendront bientôt poussières d'étoiles. Puis, doucement, comme venue de très loin, sa voix se mit à chanter :

Laisse tes blessures anciennes
Écoute ton cœur qui veille
C'est un simple murmure
Il adoucit les morsures
Retourne-le...
Tu connaîtras, enfin
Le Dieu silencieux
qui sommeille en son sein

Puis une autre mélodie, une autre voix...

Tes souffrances te deviendront aussi chères que tes joies
Sans crainte tu pourras ranimer ces richesses décantées
Tu n'auras plus à les redouter, ni à les rejeter
Elles te seront acquises, fidèles et prêtes à servir

Olinka se retourna doucement, son corps lui faisait mal ; elle laissa reposer sa tête dans l'herbe et le silence la caressa. Elle respira les étoiles... chacune à leur tour ; puis comme un sourire du ciel, elle se rappela... ce matin... le premier envol de Jojo, Patouf, Lili et Totoche !

• • • • •

Parce que tu as entendu le chant des oiseaux, tu entendras le silence des pierres...

— Où allons-nous ? questionna la jeune femme qui avait de nouveau emboîté le pas à son amie.

— C'est toi qui devra me le dire en temps voulu, lui répondit celle-ci mystérieusement.

Olinka ne posa plus de questions, elle avait donné sa confiance à la femme, qui, mieux qu'une mère savait la nourrir, l'aimer et l'aider à grandir.

— Nous allons traverser le pierrier ; il est parsemé de grosses roches, leur véritable visage n'apparaît que de nuit, au clair de lune ! Tu choisiras l'une d'elles.

Olinka ne comprenait pas bien, mais ce soir, elle ne ressentait pas le besoin d'explications.

Elles continuèrent donc leur marche en silence vers le pierrier qui précédait la montée au lac. Les blocs de rocher disséminés dans le vallon formaient, sous l'éclairage de la lune, d'étranges silhouettes... En les observant bien, Olinka crut reconnaître, ici une épave échouée, là une ruine de château fort ; plus loin, étendu sur le flanc, semblait reposer un félin jouissant de sa solitude étoilée...

Au fur et à mesure qu'Olinka avançait, l'animal semblait prendre vie. La lune, selon l'angle de vue, animait certaines parties de son corps de fauve. La jeune femme était de plus en plus captivée par ce jeu d'ombre et de lumière ; la guérisseuse l'observait du coin de l'œil, elle obliqua vers le rocher.

Quand les deux femmes arrivèrent au pied du roc, Olinka posa un regard interrogateur sur son amie. Sarah lui donna une réponse immédiate :

— C'est Ta nuit, Olinka, sa voix était grave ; tu as choisi ce rocher... ou peut-être t'a-t-il choisie, qui sait... Veux-tu rester auprès de lui cette nuit ?

La jeune femme ne s'attendait pas à cela !

Elle n'avait jamais passé de nuit à la belle étoile mais décida de faire confiance à la femme qui la guidait et acquiesça.

Sarah sortit de son sac à dos une grande couverture en laine polaire, la tendit à la jeune femme et en se tournant vers le rocher lui dit :

— Je te laisse avec lui, il veillera sur toi...

Puis, après une légère hésitation qui n'échappa pas à la jeune femme, elle rajouta :

— C'est dans l'entre-deux que tu rencontreras la face cachée du monde. Le chiffre 3 en assure l'entrée, la porte des mondes intermédiaires est un triangle. C'est là que vivent les mémoires du monde... celles qui ont été, celles qui sont et celles qui seront...

Puis elle se retourna et la nuit, rapidement, l'engouffra.

Deux villages au loin envoyaient leur faible lueur, la cascade dans le silence noir déchargeait à grand fracas son pesant d'eau. Olinka se recroquevilla, si vulnérable... petit oiseau dans la bouche du fauve. Elle voulut crier, rappeler Sarah, mais sa fierté la retint. Elle se laissa glisser à terre contre le rocher qui lui offrit ses deux grosses pattes. Cette présence rassurante la calma ; lentement elle se mit à le caresser. La pierre était lisse et douce, la femme se surprit à parler au fauve de granit, comme un enfant à son animal familier :

« Je connais la nuit, lui murmura-t-elle à l'oreille, je l'ai vécue dans mon corps et dans mon âme, mais j'ai peur, encore. J'ai peur de souffrir, j'ai peur de mourir, je me sens vide, abandonnée, seule. ». Ses deux mains serraient fort les pattes de l'animal et s'y cramponnaient presque, le fauve écoutait ; la femme se laissait pénétrer par sa profonde douceur, celle qui lui avait tant manqué durant sa vie. Lovée dans ce creux de roche, elle s'abandonna enfin, laissant son regard se perdre dans les étoiles. La voie lactée semblait l'inviter à la rejoindre sur son tracé de lumière. Olinka prit peur, elle se rappela l'expérience de l'aigle et résista de toute ses forces à l'appel fascinant mais sa tête se serra si violemment qu'elle fut bien obligée de lâcher prise ; une énergie puissante jaillit alors du sommet de son crâne et la jeune femme fut happée par l'immensité éblouissante. Les étoiles s'enroulèrent en spirale autour d'elle, sa robe de princesse devint nébuleuse, étoile parmi les étoiles, aspirée par le souffle originel, elle s'offrit toute entière à l'Amour divin. Rien ne la séparait désormais du grand Tout, elle était Un. Elle ressentait intensément la présence lumineuse de ceux qu'elle avait aimés, ils étaient tous là : ses grands-parents, son père, Jean, Giovana, lui témoignant un amour inconditionnel, éternel.

La voix grave de Sarah se mit soudain à résonner en elle, lointaine, mais assurée ; c'était une mélopée connue d'Olinka et la jeune femme se sentit fortement rappelée. Elle grimaça sous la crispation de ses mains qui s'étaient agrippées trop fortement aux pattes protectrices de l'animal. Elle avait mal à la tête, mais se sentait emplie d'une énergie bienfaisante, elle était en paix. Elle se dégagea doucement de son nid de roche et découvrit avec stupeur que le creux maternel dans lequel elle s'était lovée formait un triangle ! « La porte des mondes intermédiaires ! », pensa-t-elle, *« c'est là que vivent les mémoires du monde... celles qui ont été, celles qui sont et celles qui seront... »,* les paroles de la guérisseuse lui revenaient, Olinka était troublée. Que s'était-il passé exactement ? Avait-elle rêvé ? Avait-elle voyagé ? Quelle était la différence ? Sarah avait-elle prévu ce voyage dans l'entre-deux mondes ? Quel rôle avait joué ce rocher ? Et d'ailleurs, où était donc la guérisseuse ? Ne l'avait-elle pas entendue chanter ?

Trop de questions, pas de réponses, elle n'avait plus envie de penser, à quoi cela servait-il d'ailleurs, elle avait trouvé la paix et l'Amour, elle ne pouvait espérer plus beau présent d'anniversaire.

Enroulée dans sa couverture, la jeune femme s'assoupit sous le ciel étoilé. Au petit matin, fraîche et douce comme le velouté de la prairie humide, elle s'allongea, le corps en croix telle une offrande à la terre et au ciel. La fraîcheur de l'herbe la pénétra par en dessous et la caresse du soleil par au-dessus.

Les mouvements de sa respiration la bercèrent, son corps s'ouvrit sous ce flux, offrant jambes et bras, devenus passages. Elle n'osa plus bouger.

Elle inspira l'air avec délices, comme on hume un parfum rare et laissa monter en elle ce sourire du cœur qui venait s'inscrire dans ses yeux. Puis elle crut deviner la respiration de la terre... Elle s'abandonna un peu plus, cherchant à faire corps avec elle. C'est alors qu'elle sentit ; l'inspiration qui prend, rassemble, densifie et l'expiration qui libère, dissout, distribue.

« La respiration de la terre anime toute chose et le mouvement de toute chose s'inscrit dans la terre », pensait-elle en se laissant bercer. Le grand corps de la terre respire, son dos respire, son ventre respire, ses flancs respirent et les hommes qui vivent avec elle respirent d'un même grand souffle commun. La vie était mouvement, elle ne pouvait être ni retenue, ni contrôlée !

Elle souriait maintenant, et par son corps devenant corps de la terre, elle comprit que le monde du visible et celui de l'invisible étaient le même, vivant l'un dans l'autre et tous deux respirant ensemble à la même source. Elle comprit aussi que certains lieux étaient des portes et que celles-ci ne s'ouvraient qu'à certains moments, bien précis... Encore fallait-il être là ! Merci Sarah.

• • • • •

Quand la jeune femme raconta sa nuit à son aînée, Sarah écouta avec beaucoup d'attention : les peurs, les doutes... le creux dans la roche, la protection du fauve... puis le rêve, le songe ou la vision ! Peu importait, le vécu suffisait ; Sarah semblait satisfaite de son élève et conclut par une phrase étrange et belle :

— La femme nocturne, par l'appel de ses abîmes, pousse la lumière du monde à se manifester... Il y aura d'autres lieux, il y aura d'autres endroits. Ton apprentissage ne fait que commencer.

Et ensemble, elles montèrent au lac.

Une atmosphère particulière dans l'air, la teinte du ciel au soleil couchant, la course d'un nuage poussé par le vent, l'ouverture délicate d'un mélèze qui s'offre... Toutes ces choses semblaient parler à la jeune femme de façon nouvelle. Elle ne pouvait expliquer le changement, mais elle le percevait.

Le joyau vert émeraude semblait les attendre. Elles n'avaient rencontré personne durant la montée et ici l'eau ne frémissait d'aucune présence. Elles étaient bien seules ! Les deux femmes s'assirent légèrement en contre-haut sur une large ardoise plate. Les sommets blanchis se reflétaient dans l'eau, le silence et la pureté de l'air était saisissants.

Elles restèrent longtemps à contempler le miroir qui laissait défiler ses humeurs au gré de l'air dans les nuages !

Olinka percevait à présent un lien fluidique s'établir entre le ciel, la terre et l'eau. « L'eau féconde la terre, ses rivières sont ses veines et elle est son sang ; l'eau reflète le ciel, elle est la coupe, le Graal... L'eau contient l'univers tout entier ! »

— L'eau est l'essence du féminin, Sarah rompait le silence prolongeant la pensée silencieuse de son amie, ce qui est dur et sec retrouve la vie à son contact.

— Est-il dans la nature de l'être féminin de féconder le monde autour d'elle ? questionna Olinka.

— La femme fécondée par l'homme, le féconde à son tour... L'homme agit sur le monde, il vit et accomplit ce qui est ensemencé dans l'esprit de la femme. La femme sème dans l'humus de la terre le germe que l'homme déploiera ensuite vers le monde, l'exposant ainsi aux rayons du soleil.

Puis après un temps de silence, elle reprit :

— L'homme est l'os de la terre, la femme est l'eau ! Le solide et le liquide, la matière et le fluidique.

— La coupe qui accueille et l'épée qui tranche.

— L'homme est lié au chiffre 1, compléta Sarah, il est l'axe et se tend vers le soleil !

Le chiffre 2 en s'enroulant autour de lui peut à son tour s'affirmer dans la direction verticale et s'extraire des eaux terrestres.

— Le cygne se déploie et devient phénix ! fit Olinka.

Puis elle se rappela :

« Tu es solide et dense comme les berges du torrent »... « Et toi, tu es transparente et fluide comme l'eau ! »... Marc était le bâton d'Hermès, le chiffre 1, le point d'appui tendu dans une unique direction ; Olinka était le chiffre 2, s'enroulant autour de l'axe et se déployant vers la Connaissance. Ainsi, Dieu avait créé l'homme et la femme pour qu'ensemble ils ne fassent qu'un, en une co-naissance, tendus dans Sa direction !

Olinka était émue.

Elles se levèrent d'un commun accord et descendirent vers la berge. Elles marchèrent un moment au bord du lac dans le silence de cette fin d'après-midi.

— Les Dieux trônent au levant, la Dame au couchant, fit Sarah en s'asseyant face au soleil couchant. À l'ouest, le soleil vient susurrer à l'oreille du vaste océan les mystères de l'infini du ciel !

« Est-ce cela l'intuition ? se demanda Olinka ; une fusion entre le ciel et la terre via les eaux ! La Genèse révélait cette primauté de l'eau : *Au commencement des temps, la terre était recouverte par les flots et l'esprit de Dieu couvait au-dessus.*

L'esprit avait donc besoin de la conductibilité de l'eau pour pénétrer la matière, tout comme il avait besoin de l'essence féminine aux qualités fluidiques, passives et réceptrices pour atteindre le masculin, dense et opératif. »

La pensée d'Olinka était claire, limpide. L'élève s'élevait à la hauteur du maître !

Lumière de lune,
mystère de l'ombre
femme... cygne...
tu glisses entre les mondes.

La voix de Sarah, épurée, faisait vibrer les mots ; leur conférant un pouvoir ensorceleur.

Olinka goûtait la pureté du chant.

Femme... Cygne...
mystérieuse comme le chiffre 2
Femme... double...
trouble comme les eaux du lac.

— Le refus du mystère est aussi le refus du féminin... fit Sarah, les femmes ont perdu le fil de l'eau, c'est pourquoi tu dois venir ici, souvent.

La jeune femme apprenait vite. Comme l'eau elle flottait à la frontière du réel et n'en éprouvait, cette fois, aucune crainte. Elle perçut que le lac, lui aussi, pouvait en certaines circonstances bien spéciales, se révéler être une porte, et elle sourit à cette perception nouvelle.

Le soleil s'était discrètement glissé de l'autre côté de la montagne, laissant la lune se dévoiler. Les deux femmes au bord de l'eau fusionnèrent à l'étendue bleue ; l'univers pénétrait en elle et elles devenaient l'univers...

• • • • •

Récolter, enfin, une rosée de joie !

Depuis cette nuit d'anniversaire, Olinka n'était plus tout à fait la même. Si elle avait dû expliquer cette transformation, elle aurait dit, spontanément :

— Cette nuit-là, je suis née une seconde fois !

La jeune femme avait repris ses habitudes autour de la maison, découvrant petit à petit les douceurs nouvelles, cadeaux de la saison bienveillante. Elle avait voulu un pays qui éprouve et ne flatte pas, elle avait trouvé son maître ! Et aujourd'hui, elle était en mesure d'accueillir sans restriction toute marque de chaleur offerte par celui qui l'avait éprouvé. Comme les pierres des murs, elle acceptait de cesser le combat. De muraille glacée et sombre, protégeant à l'intérieur un feu fébrile, elle devenait comme elles, lascive, se dorant au soleil, portes et fenêtres ouvertes à tout vent ! Sur le balcon qui dominait le vaste monde, Olinka, aussi légère qu'un papillon, regardait la vallée s'écouler à ses pieds ; tant de choses avaient changé depuis son arrivée ! Une année ne s'était pas encore déroulée et pourtant, les mois passés ici avait été plus marquants que le total de ses années d'existence ! Elle avait du mal à se rappeler l'autre Olinka. Celle qu'elle avait laissée à Paris était si loin qu'elle se demandait même si elle l'avait vraiment connue ! Pourtant, elle avait compris qu'il fallait faire mémoire de son passé... Il était le bagage qui permettait de connaître le chemin parcouru ; non pas pour le reprendre en sens inverse, mais bien pour en apprécier les pérégrinations. Elle savait d'autre part, que l'art de se diriger parmi crêtes et sommets l'aiderait désormais à se diriger dans les basses régions.

Cette crainte, souvent éprouvée de ne plus savoir vivre ailleurs, s'était maintenant évanouie : lorsque l'on ne peut plus voir, on peut encore savoir ; et maintenant, elle savait.

• • • • •

La jeune femme se coucha sur le rocher plat, décidée à faire corps avec lui. Elle ferma les yeux, la chaleur de la pierre aidait son dos à s'abandonner, chaque muscle se relâchait et bientôt, son corps tout entier fondait dans la roche devenue tendre. Son sang s'écoulait dans les veines des premiers reptiles, le temps s'était arrêté, rien ne bougeait, elle touchait l'immuable et l'immense immobilité de l'aube des temps.

La femme avait pris l'habitude d'interroger le ciel et les nuages lui répondaient. Le langage des signes lui devenait familier, elle lisait dans le jeu des ombres sur les pierres, dans le vol des oiseaux, dans le frémissement des feuilles de bouleau à son passage. La forme particulière d'un arbre qu'elle n'avait encore jamais remarqué l'interpellait : qu'avait-elle à recevoir de cet arbre ? Un souffle d'air frais sur sa joue... une caresse de Marc !

Olinka continuait seule son apprentissage au contact de la nature fuyant le soleil du midi, guettant les heures intimes où le monde ordinaire se teinte d'ombres et de chuchotements...

Pourtant, c'est à midi précise que ce jour-là, Sarah fit une apparition éclatante.

— C'est la Saint-Jean ! fit-elle essoufflée en arrivant vers sa jeune amie, le soleil est à son apogée, les plantes se sont gorgées de lui ! À partir de maintenant et jusqu'à demain midi il faut cueillir, viens m'aider ! fit-elle sans lui laisser le temps de réfléchir.

— Par quoi commençons-nous ? demanda Olinka qui venait d'attraper un panier à la volée.

— Le millepertuis ; c'est la fleur solaire par excellence. Regarde le cœur de la fleur, que vois-tu ? elle tendit la fleur jaune d'or à Olinka.

— Je vois comme un feu d'artifice, explosant de ses mille feux !

— Le millepertuis est le soleil de nos cœurs, il combat les vagues à l'âme, pense à lui cet hiver quand tu seras, comme les plantes, tapie dans le rude endurcissement de ton bulbe ! fit-elle en riant.

— L'appelle-t-on ainsi à cause de ses milles petits trous que l'on distingue en transparence dans ses feuilles ? demanda la jeune femme tournant toujours la plante entre ses mains et cherchant, comme lui avait appris Sarah, les correspondances possibles entre la forme spécifique de la plante et ses propriétés thérapeutiques.

— Oui, la plante signe là ses propriétés de cicatrisation des plaies ; quand la peau est percée profondément par un instrument piquant ou simplement contusionnée ou encore lorsqu'elle présente des irritations ou des brûlures, le millepertuis s'avère très efficace. On l'utilise en huile de macération ; il suffit pour cela de remplir un bocal en verre de ces fleurs, de verser dessus de l'huile de bonne qualité et de le laisser une dizaine de jours reposer au soleil. Tu seras surprise de la couleur que prendra rapidement ton huile !

— Je me souviens, fit la jeune femme, l'huile que j'ai utilisé pour Marc, le flacon de Rémi... elle était rouge ! Pourquoi ? questionna Olinka intéressée.

— Ce que tu crois être des trous sont en fait autant de minuscules poches contenant une huile essentielle rouge. Cette fleur que tu vois jaune est en fait essentiellement rouge, c'est sa particularité, peut-être est-ce pour cela que les anciens lui conféraient le pouvoir magique de chasser les mauvais esprits !

— Je t'ai vu masser le dos de la Louise avec cette huile, a-t-elle des propriétés anti-inflammatoires ? questionna

Olinka qui commençait à entrer en amitié avec la plante.

— On dit que « le millepertuis est aux nerfs ce que l'arnica est aux muscles » ; il agit sur les nerfs irrités. J'utilise l'huile pour masser le bas du dos des patients en cas de sciatique ou de cruralgie.

— On peut aussi l'utiliser en tisane pour son pouvoir calmant, fit la jeune apprentie, qui se rappelait les soins prodigués à Marc.

Sarah sourit ; l'élève était pertinente !

Elles s'éloignèrent l'une de l'autre attirées par les touffes éparses le long des talus.

— Cueille aussi de l'armoise ! cria Sarah.

— Qu'allons-nous en faire ? demanda Olinka quand elle revint avec quelques belle tiges d'armoise sous le bras ?

— Tu verras plus tard, lui répondit Sarah, sans commentaires. Voici l'achillée millefeuille ! Elle tendit à la jeune femme une petite ombellifère blanche perchée solidement sur une tige bien droite parsemée de feuilles fines et très découpées. L'achillée est aussi appelée herbe aux milles coupures, continua Sarah en détaillant les feuilles ; elle est efficace dans les blessures et les saignements divers.

Elle laissa la jeune femme s'approprier la petite plante, l'observant du coin de l'œil.

Olinka sentait, goûtait ; découvrait du bout des doigts et de la langue les ressources cachées de la petite fleur bien affirmée !

— Je connais ces feuilles, révéla Olinka, elles sont présentes dès le début du printemps, je les ai même cueillies et mangées en salade, j'ai toujours su qu'elles étaient bonnes pour moi.

— Tu as eu raison, fit Sarah enchantée, l'achillée est une plante équilibrée ; as-tu remarqué son allure : solide et axée ?

— Elle est posée et déterminée, fit remarquer Olinka.

— C'est une plante sage et rythmée ; elle ne mélange pas tout : d'abord les feuilles, comme tu as pu le remarquer, puis ensuite elle pousse sa tige à l'assaut de la verticalité et enfin seulement elle prépare sa fleur...

— Est-ce pour cela que j'ai été de suite attirée par ses feuilles, demanda Olinka, qui commençait à comprendre l'attirance toute particulière qu'exerçait cette plante sur elle.

— L'achillée aide le corps de la femme à harmoniser ses cycles hormonaux.

— Elle l'aide probablement aussi à écouter et à respecter ses rythmes et ses besoins profonds, fit remarquer Olinka avec un sourire complice...

— L'achillée nous offre sa protection contre un environnement déstructurant ou trop envahissant, elle nous aide à construire nos frontières et à les faire respecter... C'est le passage obligé pour grandir sur son axe !

— J'ai compris ! s'exclama Olinka, l'achillée est Ma plante !

— Tu as encore un peu de chemin à faire avec elle, acquiesça la femme, complice... mais déjà, une autre fleur s'épanouit en toi !

La jeune femme, troublée, ne répondit pas. Elle savait.

Leur récolte terminée, elles s'assirent dans l'herbe au bord du chemin.

— Et l'armoise ? demanda Olinka ; tu ne me l'as toujours pas présentée et tu ne m'as pas dit ce que nous allions en faire !

— Et bien il est temps ! Prends ces tiges et fais comme moi !

Sarah entreprit alors de confectionner une sorte de couronne ou ceinture en rassemblant et en tressant les tiges d'armoise. Olinka s'appliqua à en faire autant.

— « *Si tu connaissais les vertus de l'artémise, tu la porterais dans ta chemise* », chantonna Sarah.

— Jean te chantait cela, aussi ? interrogea la jeune femme qui essayait de se remémorer la chansonnette.

— Oui, il me disait aussi : « *Qui portera l'armoise sur le chemin, se sentira frais dès le matin !* ».

— C'est pour cela que nous confectionnons ces ceintures ?

— Entre autres... Dans les temps anciens, les filles et les femmes avaient coutume de porter une ceinture d'armoise autour de la taille pour les feux de la Saint-Jean, cette coutume date probablement de très longtemps, car l'armoise détient ses pouvoirs de la déesse Artémis qui lui a d'ailleurs donné son nom. Artémis était chez les Grecs la protectrice des femmes ; elle les assistait dans leurs accouchements et veillait sur leurs cycles menstruels.

— L'armoise agit sur le ventre de la femme, c'est pour cela que nous confectionnons des ceintures ! s'enthousiasma la jeune femme aussi naturellement qu'un enfant.

Sarah sourit devant sa candeur ; plus que l'enthousiasme et la pertinence dont la jeune femme faisait preuve dans l'apprentissage, c'était son naturel et sa simplicité qu'elle appréciait avant tout.

• • • • •

Olinka avait déjà rassemblé autour du foyer extérieur : le petit bois, une cagette réduite en morceaux et de belles bûches de bois sec. Elle n'avait pas souvent fait de feu à l'extérieur... elle n'avait pas eu de fête à partager !

Cette nuit par contre, elle veillerait avec Sarah sur le feu comme deux mères veillant sur la vitalité de leur enfant, s'efforçant comme les premiers hommes de ne pas laisser s'éteindre la flamme de vie. Elles chanteraient, elles danseraient, elles rêveraient et voyageraient à travers les flammes ; cette nuit elles seraient responsables de la lumière du monde !

Olinka repensait à ses journées d'automne. Elle avait maudit la pluie et le froid. Elle avait appelé la lumière et la chaleur. Du repli de sa solitude glacée, elle avait laissé mûrir la vie.

« De l'eau et de la terre, froides, germe la plante. Du feu et de l'air, chauds, éclôt la fleur ! » lui avait dit Sarah cet hiver et Olinka devait admettre qu'au fil de l'enseignement des saisons, la fleur en devenir se préparait à éclore.

Ils étaient nombreux à avoir participé à cette transformation : Sarah bien sûr, la guérisseuse avait « éprouvé pour mieux donner », elle avait toujours su ce qu'elle faisait et pourquoi elle le faisait, elle avait été « le point d'appui », celui qui aide à se dresser mais aussi à se relever ; Sarah était une amie ! Rémi était la montagne et l'avait fait naître de la montagne, Olinka était désormais « fille des pâturages », « femme des sentiers d'altitude » ! Giovana et... Marie-Madeleine, inséparables désormais, étaient le chemin du Christ ; Olinka avait goûté au nectar, le chemin était ouvert.

Marc.... son rôle n'était pas terminé, il venait à peine de commencer, Olinka lui réservait le parfum de la fleur éclose... Quant à Jean, par la voie secrète de la lumière non révélée, il avait œuvré à l'intérieur de chacun et tissé les fils de leur destinée. Olinka regarda son bâton : quel pouvoir recelaient ces entailles gravées en profondeur dans ce bois sans âge ?!

Elle s'allongea sur la dalle chaude, le regard perdu dans les nuages qui s'étiraient. L'air active le feu, se dit-elle.

À la nuit tombée, elles allumèrent le foyer. Les deux femmes s'étaient assises face à face, le feu les séparait. Olinka contemplait tour à tour la flamme et la femme ; le visage dévoilé par le jeu du feu, s'éclairait par intermittence et Olinka se surprit à y découvrir d'autres visages ! C'était Sarah sans être tout à fait elle... Un moment, elle crut discerner le visage d'un homme, sévère, dans la force de l'âge ; à un autre moment, elle vit s'imprimer le visage d'une femme indienne... Olinka en fut troublée mais ne dit rien. En face d'elle, il était fort probable que Sarah explorait elle aussi « la roue des visages » de sa jeune amie ! Elles étaient ainsi dans le silence de leur contemplation quand Olinka fut saisie par les traits qui se dessinaient sur le visage de Sarah : c'était son propre visage qui lui faisait face maintenant ! Ses cheveux avaient blanchi, ses traits étaient plus marqués, le regard plus profond... mais c'était bien elle qu'elle contemplait ! Stupéfaite, elle s'apprêtait à questionner Sarah quand elle s'aperçut que celle-ci lui souriait malicieusement... Sarah avait deviné et Olinka sut qu'il n'y avait rien à dire.

La nuit était maintenant noire et les flammes plus lumineuses : le jaune, l'orange, le rouge et le bleu s'enlaçaient ou se livraient combat. Sarah se mit à chanter d'une voix rauque, rythmant son chant d'un balancement du corps. Olinka se mit, elle aussi, à scander le rythme avec son corps, et sa voix plus claire se mêla à celle de son amie, improvisant des sonorités qui se croisaient, se mêlaient ou se repoussaient... le feu s'activait de plus belle !

Bientôt, le mouvement des corps s'amplifia et la jeune femme se dressa ; la flamme venait à sa rencontre, l'animant de ses couleurs endiablées et Olinka s'y abandonna toute entière. De tout son corps brûlant, elle se sentait jaillir d'elle-même comme un cheval bridé, soudainement relâché et livré à ses pulsions sauvages. Ses muscles se tendaient et des vagues déferlantes montaient à l'assaut de ses cuisses, venant mourir le long de son dos.

Olinka se laissait embraser par ce tourbillon ardent. Elle était devenue flamme... Elle était en passe de devenir femme !

L'air active le feu... Sarah chantait, accompagnant chaque élan, chaque vibration, chaque saccade du corps déployé d'Olinka. Son souffle tenait la danse.

Combien de temps dansa-t-elle ainsi ? Elle ne le sut pas, elle tomba épuisée sur la couverture ; la voix de Sarah s'était faite douce, telle une mélopée venant de très loin et Olinka se laissait bercer et transporter par ces sons qui ravivaient en elle des bribes de mémoires lointaines :

Des rivières gorgées d'eau parcouraient des steppes sans fins en d'innombrables lacets ; au détour d'un coude de la rivière, Olinka découvrit un troupeau de chevaux, probablement sauvages, qui broutait paisiblement... Ces images se confondaient avec celles de son territoire ; l'eau, la roche, la rigueur du climat lui semblait connues, mais les chevaux ?! D'où venaient-ils ? Et cette steppe immense ? Un rapace capta son attention, il avait un anneau à la patte et survolait probablement une proie car il dessinait des cercles concentriques. Il piqua soudain, vif comme l'éclair, Olinka sursauta. Puis une autre image se superposa encore : *un homme à cheval marchait lentement, seul, profondément seul, sa totale concentration lui donnait l'allure noble et royale du faucon chasseur !*

Quel lien existait-il entre cet homme et cet oiseau, se connaissaient-ils ? Chassaient-ils ensemble ou avaient-ils un rendez-vous prochain que la femme entrevoyait déjà en cette nuit où la danse, la flamme, le rythme, le chant et les étoiles s'étaient alliés pour remonter à la source des temps !

Sarah s'était arrêtée de chanter, elle caressait doucement les cheveux de sa jeune protégée comme l'aurait fait une mère. Elle l'entourait et la berçait comme un enfant qui venait de naître... Peut-être était-ce bien de cela qu'il s'agissait, Olinka venait de naître à quelque chose de primordial pour la suite de sa destinée mais elle ne le savait pas encore !

— D'un feu à l'autre, l'année s'écoule et le grand arc du temps se tend et se détend, la voix de Sarah dans le noir de la nuit fit tressaillir la jeune femme épuisée. D'un feu à l'autre, certains se brûlent : c'est le feu des passions, vives, voraces et éphémères ; d'autres s'animent : c'est le feu de l'action, de l'ouverture généreuse, de l'expansion des corps ; d'autres encore s'illuminent : c'est le feu de l'esprit, braise ardente qui brûle d'amour pour Dieu !

— Le feu de la passion n'est-il que destructeur ? demanda Olinka interpellée par les propos curieux de son amie.

— Il est un passage qui peut s'avérer nécessaire, répondit Sarah, évasive.

— Mais le feu de l'esprit et le feu de l'amour humain peuvent-ils cohabiter ? insista Olinka.

— Tu le découvriras par toi-même, lui répondit Sarah, offrant le mystère de sa réponse au regard complice des étoiles.

Sarah se leva et revint avec la bouilloire ; elle entreprit d'étaler les braises pour en former un lit sur lequel elle déposa l'eau à chauffer ; la fraîcheur du petit matin se faisait sentir. Aux premiers crépitements de l'eau elle y jeta l'achillée et le millepertuis fraîchement cueillis. Emmitouflées dans leurs couvertures elles burent en silence la tisane brûlante. Les premières lueurs du jour les surprirent ; elles crurent assister au commencement du monde !

Quand l'aube fut bien installée, elles déposèrent leurs couvertures et ébrouèrent leurs membres moulus ; Olinka se rappela la couronne d'armoise qu'elle portait encore autour de la taille ; quel avait été le pouvoir de ces fleurs durant cette nuit hors du commun ? Elle ne le saura jamais ! Elle se défit de la couronne et comme lui avait expliqué Sarah dans l'après-midi, la jeta dans les dernières braises du foyer.

Sarah regardait sa jeune protégée... Elle sut que son rôle auprès d'elle était bientôt terminé.

Elles s'en allèrent, alors, pieds nus à travers champs, marchant dans la rosée matinale. Elles s'agenouillèrent devant la précieuse alchémille et gouttèrent la perle d'argent délicatement recueillie au cœur de la feuille. Ce calice naturel leur offrait la première saveur de la journée, elle avait le goût de la pure lumière du matin. Les deux femmes se fondaient à la clarté du jour nouveau, la transparence coulait dans leurs veines.

Du même auteur

L'éternel féminin

ou

La mission sacrée

Ce livre et un hymne à la femme, à la mère, à la nature-mère qui accueille, engendre et accomplit.

Au fil de textes poétiques et de photos noir et blanc, l'auteur exprime son ressenti viscéral, émotionnel et spirituel concernant la plus folle aventure féminine : la grossesse et la maternité.

Ce recueil n'a pas d'ambition thérapeutique, psychanalytique ou pédagogique ; il est le rappel que la grossesse est avant tout une expérience lumineuse de transformation de l'être.

Émouvant et charnel comme le ventre d'une femme, il revivifie la flamme de l'acte le plus sacré : l'enfantement.

Un livre à goûter des yeux, des doigts, du cœur et du ventre, tous sens en éveil, silencieusement...

Photographies de Laure Laberrigue

Co-édition Le Souffle d'Or et Christine Sionnet

Du même auteur

La Vague et le Sabre

L'art de se rééquilibrer par le mouvement

La rééquilibration par le mouvement est une méthode de développement personnel basée sur l'analyse et la **construction harmonieuse du corps dans le mouvement.**

Cette méthode est le résultat d'un travail de synthèse qui prend appui sur un vécu de **danse, d'arts martiaux et de pratique sportive,** ainsi que sur une pratique de **thérapie manuelle et énergétique** et de kinésiologie « analyse du mouvement ».

Ce livre a pour objectif de proposer à tout individu (de la mère de famille au chef d'entreprise, en passant par le sportif de haut niveau) un nouveau regard sur l'utilisation de ses ressources corporelles, mentales, émotionnelles et spirituelles.

La rééquilibration par le mouvement nous enseignera :

- le contrôle et la puissance émanant du centre,

- la stabilité et la fluidité que procure un corps en équilibre sur son axe,

- la sérénité et le lâcher-prise induit par un ancrage profond et une qualité de respiration.

Deux énergies complémentaires et opposées s'associent dans cet enseignement, pour allier harmonie et puissance dans le mouvement :

• **l'énergie de la Vague** favorise en chacun de nous les qualités de réceptivité, d'écoute, d'intuition. Elle est la mélodie de nos profondeurs.

• **celle du Sabre** favorise la prise de décision, le tranchant, l'affirmation de soi, la capacité à dire non, la détermination dans ses choix. Elle est l'expression ponctuée et affirmée de nos profondeurs. L'action centrée est, entre autres, conditionnée par la juste utilisation de ces deux énergies dans le mouvement.

Choisir la voie de l'action centrée, c'est combiner avec élégance : Efficacité, Plaisir et Sens.

aux Éditions Le Souffle d'Or

Chez le même éditeur

Michel Thabourin

Vagabond des cieux

L'histoire d'une quête

Pour cause de célestre vagabondage, me voici donc amené à narrer les faits qui me sont assignés. Une manière de chronique, écrite pour remercier la vie de ce qu'elle nous donne. Il s'agit ici de faire œuvre de chair, de rendre grâce.

C'est ainsi que l'auteur donne un « alibi » à son récit biographique, qui se révèle être porteur de sens pour chacun d'entre nous, qui parfois cherchons à tâtons la signification profonde de notre existence !

Ce livre est le témoignage d'un explorateur de la conscience qui a extrait la sagesse de toutes les expériences de sa vie. Au cœur de la génération 68, l'auteur vit un temps d'expérimentation de la spiritualité et voyage en Orient. Depuis sa première rencontre avec la philosophie orientale et la méditation, à sa relation consciente à l'Univers et à la compréhension de l'unité et de l'Amour, l'auteur nous fait voyager avec lui vers l'expérience de l'Éveil.

En livrant tant les impasses rencontrées que les accomplissements, il trace pour nous, qui « marchons vers notre porpre essence », un authentique et sincère cheminement initiatique...

Michel Ramji Thabourin, après de nombreux voyages en Orient, a fondé une école d'arts taoïstes dans laquelle il enseigne le taï chi, le chi gong, la méditation et l'art du mouvement.

aux Éditions Le Souffle d'Or

L'impression et le façonnage
de cet ouvrage
ont été effectués
à l'Imprimerie LUSSAUD
85200 Fontenay-le-Comte

Dépôt légal 1e trimestre 2004
n° 3680
N° d'impression : 203394